Irmgard Adam-Janka · Liebesschatten

W o wahre Liebe ist, da ist auch Treue. Ehebruch dagegen ist ein Verrat am Partner und eine Erfahrung mit bitterem Charakter, die oft das Ende einer Ehe einläutet. Die vier Geschichten von Irmgard Janka kreisen um dieses Thema und erzählen von den schmerzhaften und dramatischen Folgen für die Beteiligten. Sie handeln von der Liebe in der Ehe, von Seitensprüngen und davon, wie durch Untreue Gefühle getötet und Familien auseinandergerissen werden. So mögen die geschilderten Begebenheiten in ihrer Alltäglichkeit banal wirken, für die Betroffenen bedeuten sie das Ende ihres bisherigen Lebensentwurfes und nicht zuletzt emotionale Verletzungen, die lange nachwirken. Trotzdem sind es natürlich auch Liebesgeschichten, die dort beginnen, wo die üblichen Liebesromane enden. Denn auch das Ende einer Liebe ist menschlich und für die lebenslange Haltbarkeit einer Ehe gibt es keine Garantie.

Die Geschichten mögen erfunden sein – die dahinterstehenden Gefühle sind es nicht.

Irmgard Adam-Janka

Liebesschatten

Geschichten von Liebe, Treue
und Verrat

Bibliografische Information der Deutschen Nationalbibliothek:
Die Deutsche Nationalbibliothek verzeichnet diese Publikation
in der Deutschen Nationalbibliografie; detaillierte bibliografische
Daten sind im Internet über
< http://dnb.d-nb.de > abrufbar.

© 2008 Irmgard Adam-Janka
Satz und Layout: Buch&media GmbH, München
Umschlaggestaltung: Kay Fretwurst, Spreeau
Herstellung und Verlag: Books on Demand GmbH, Norderstedt
Printed in Germany
ISBN 978-3-8334-7357-9

Inhalt

Der Spaziergang

E r hatte doch noch einmal angerufen! Sie war überrascht, denn als sie an jenem Mittwoch zu ihm in seine Praxis gegangen war, hatte sie sich vorgenommen, die Sache endgültig als erledigt zu betrachten, wenn er nichts sagen würde. Er hatte nichts gesagt. Es gab nur das übliche Gespräch zwischen Arzt und Patientin. Er hatte noch einmal eine Ultraschallaufnahme von ihrem Uterus gemacht und ihr gezeigt, dass der dunkle Fleck in ihrer Gebärmutter sich weder in der Form noch in der Größe verändert hatte. Zwar konnte er keinen direkten Vergleich mit den beiden früheren Aufnahmen anstellen, denn er hatte diese zusammen mit ihren gesamten Patientenunterlagen in der Klinik vergessen. Seiner Erinnerung nach hatte sich der Fleck jedoch nicht verändert – und ihrer Erinnerung nach ebenfalls nicht. Er schien an jenem Mittwoch besonders in Eile zu sein, denn er stand schon an der Tür, noch ehe sie wieder ganz angezogen war und ihre Handtasche an sich genommen hatte.

»Wie schon gesagt, wir werden die Sache beobachten und ich schlage vor, Sie kommen in drei Monaten wieder, dann wissen wir mehr.« Er reichte ihr nur flüchtig die Hand, hielt die Tür auf und wendete sich umgehend anderen Dingen zu. Er hatte sie vergessen.

Das war's also, dachte sie. So kurz angebunden war er noch nie gewesen. Er wollte ihr wohl zu verstehen geben, dass sie sich keine Flausen in den Kopf setzen sollte. Nun gut, das würde sie auch nicht tun. Sie wollte sich nichts vormachen, sich keinen falschen Hoffnungen mehr hingeben.

Umso erstaunter war sie, als sie einige Tage später seine Stimme auf ihrem Anrufbeantworter vernahm. Er ließ sie wissen, dass er ihre Unterlagen aus der Klinik mitgebracht und die vorhergehenden Ultraschallaufnahmen mit der zuletzt gemachten verglichen habe. Es seien keine Veränderungen zu erkennen, im Gegenteil habe es eher den Anschein, als ob die dunkle Stelle kleiner geworden sei. Das war tröstlich. Vielleicht würde der Fleck von selbst wieder verschwinden, so wie er sich gebildet hatte, hoffte sie. Sie hörte noch einmal seine Nachricht, lauschte seiner Stimme, die nun wieder persönlicher und wärmer klang als bei ihrem Besuch. »Wenn Sie möchten«, sagte er zum Schluss, »können Sie mich gerne zurückrufen und wir sprechen noch einmal darüber. Ansonsten sehe ich Sie in etwa drei Monaten in meiner Praxis.« Nach einer kleinen Pause fügte er hinzu: »Ich würde mich freuen.«

Sie ging ein paar Mal im Zimmer auf und ab und hörte immer wieder seine Nachricht. »Ich werde mir keine Hoffnungen mehr machen«, murmelte sie leise vor sich hin.

Paul kam herein und fragte, wer auf das Band gesprochen habe.

»Mein Arzt«, antwortete sie bewusst beiläufig.

»Und was wollte er?«

»Eigentlich nichts, er hat nur kurz etwas bestätigt, was ich im Grunde schon wusste.«

Paul fragte nicht weiter nach, er gab sich damit zufrieden.

Sie sah auf die Uhr. Es war kurz nach fünf, sie könnte ihn anrufen, er war sicher noch in der Praxis. Sie wartete, bis Paul aus dem Zimmer gegangen war und sie ihn die Treppe hinaufsteigen hörte. Die Sprechstundenhilfe sagte, der Doktor habe gerade eine Patientin, sie möge in einer Viertelstunde noch einmal telefonieren. Doch noch ehe die Zeit um war, rief er selbst zurück.

»Sie haben meine Nachricht gehört: Es hat sich nichts verändert. Das heißt, ich habe noch mal genau nachgemessen und die dunkle Stelle ist sogar geringfügig kleiner geworden«, meinte er.

»Vielleicht kommt es doch von den Hormonen, die ich eingenommen habe?«, wagte sie zu bemerken, wohl wissend, dass Ärzte es nicht schätzten, wenn ein Patient eine eigene Meinung äußerte.

»Das ist nicht auszuschließen«, antwortete er. »Möglicherweise haben sich durch die Hormongabe die Schleimhäute in der Gebärmutter wieder aufgebaut und es hat sich Blut gebildet, daher der dunkle Fleck.«

»Kann denn so etwas von alleine wieder verschwinden?«, fragte sie.

»Wie schon gesagt, wir werden die Sache beobachten. Ich wollte es Ihnen nur mitteilen, damit Sie sich keine Sorgen machen.«

»Das ist sehr aufmerksam von Ihnen«, entgegnete sie, und zu ihrer eigenen Überraschung hörte sie sich sagen: »Das ist ausgesprochen nett, Herr Doktor, und ich möchte mich dafür bedanken.«

»Keine Ursache«, beteuerte er. Eine Sekunde lang dachte sie, er würde jetzt auflegen, doch er fuhr fort: »Ich weiß nicht, wie ich es sagen soll, aber ich würde mich furchtbar gerne einmal mit Ihnen treffen. Hätten Sie Lust dazu?«

Er sagte nichts von essen oder einen Kaffee trinken gehen, er wollte sich einfach mit ihr treffen. Das Angebot kam gänzlich unerwartet. Sie fühlte, wie ihr heiß wurde und ihr das Blut zu Kopf stieg und sie fürchtete, vor Aufregung kein Wort hervorzubringen. Dennoch gelang es ihr zu sagen: »Ja gerne, ich habe Lust dazu, sogar große Lust.«

Sie hörte ein unterdrücktes Lachen. Er überlegte eine Weile, ihr schien, als blättere er in seinem Terminkalender, dann schlug er vor: »Morgen Abend gegen sechs Uhr? Wir könnten im Englischen Garten spazieren gehen und uns dabei unterhalten.«

»Ja, das ist in Ordnung, das würde ich gerne tun«, sagte sie.

Sie kamen überein, sich um 18 Uhr an der Ecke Martius-/ Königinstraße zu treffen, und da für den nächsten Tag schönes Wetter angesagt war, würde er mit dem Motorrad kommen. Für sein Motorrad fand er immer einen Parkplatz.

»Ich freue mich, ich komme gern«, sagte sie mit leicht zitternder Stimme.

»Ich auch«, erwiderte er und hatte schon aufgelegt.

Er war jünger als sie. Wie viel, wusste sie nicht zu sagen, vielleicht fünf, sechs Jahre oder mehr. Was mochte ihn bewegen, sich mit ihr, einer beinahe Mittsechzigerin, zu verabreden? Schließlich wusste er aus der Patientenkartei genau, wie alt sie war.

Zu Paul sagte sie, sie ginge in die Stadt und danach ins Kino. Sie hatte es aufgegeben, ihn zu fragen, ob er mitkommen wolle – er wollte nie. Sie hatte ihm gegenüber kein schlechtes Gewissen. Er schien sich ohnehin kaum für sie zu interessieren und für das, was sie machte. Es genügte ihm, wenn sie beim Frühstück anwesend war und seine Wutausbrüche über das in der Zeitung Geschriebene über sich ergehen ließ, ohne ihm großartig zu widersprechen, und ihm das Mittagessen kochte. Wenn sie sagte, dass sie weg müsse, hatte er selten etwas dagegen einzuwenden und fragte keineswegs immer nach, wohin sie ging.

Sie musste sich zurückhalten, um nicht zu früh am Treffpunkt zu sein, obwohl es ihr nichts ausgemacht hätte, auf ihn zu warten. Doch sie wollte nicht allzu begierig erscheinen und deshalb spazierte sie stattdessen mehrmals die Leopoldstraße hinauf und hinunter, um dann Punkt sechs Uhr am vereinbarten Platz zu erscheinen. Er parkte gerade sein Motorrad. Mit einem Auto hätte er sicher keinen Parkplatz mehr gefunden. Es war ein herrlicher Abend und die Menschen strömten dem Englischen Garten zu.

Sie hatte ein rotes, nicht zu grelles, ärmelloses Kleid angezogen und ein dunkelblaues Jäckchen umgehängt. Sie wusste, dass ihr die Farbe des Kleides gut stand.

Er musterte sie eingehend. »Hübsch sehen Sie aus«, sagte er anerkennend und sie freute sich über sein Kompliment. Ganz selbstverständlich nahm er ihren Arm und führte sie in Richtung Park.

Sie wollte gleich zur Sache kommen. »Was bewegt Sie, sich mit einer Frau in meinem Alter zu verabreden? Sie bekommen doch sicher täglich Avancen von Patientinnen, die weit jünger, hübscher und auch interessanter sind, als ich es bin?«

Er blieb stehen, drehte sich zu ihr und nahm die Sonnenbrille von ihrem Gesicht. Mit seinen dunkelgrauen Augen hinter seinen Brillengläsern sah er sie aufmerksam an. »Woher wollen Sie das wissen?«

»Ich denke es mir eben.«

»Sicher bekomme ich Avancen, auch von Jüngeren, vielleicht auch von Hübscheren, sicher jedoch nicht von Interessanteren, aber ich habe *Sie* um ein Treffen gebeten. Ich bin kein Märtyrer, der sich opfert, wie Sie es anklingen lassen. Ich wollte *Sie* sehen! Ich will mit *Ihnen* durch den Englischen Garten gehen, am See entlang spazieren, den Enten zusehen und später vielleicht im Seehaus etwas essen, ganz wie uns zumute ist. Kurz, ich will mit *Ihnen* reden, *Sie* will ich besser kennenlernen und nicht irgendjemand anderen. Das Alter spielt dabei eigentlich keine Rolle. Ich will einfach mit *Ihnen* zusammen sein. Genügt das?«

»Sicher«, antwortete sie. »Es ist nur verwunderlich.«

Eine Weile schwiegen sie, und statt ihres Armes nahm er nun ihre Hand in die seine, drückte sie und führte sie an seine Lippen.

»Wussten Sie, dass ich in Sie verliebt bin?«, fragte sie.

»Ich hoffte es«, meinte er lachend, »denn ich bin seit Langem in Sie verliebt, aber Sie wissen ja, zwischen Arzt und Patientin ist das eine delikate Geschichte, daher habe ich lange mit mir gerungen.« Er sah sie schmunzelnd an und sie blieben stehen.

»Würden Sie mich bitte küssen?«, fragte sie.

Er zog sie hinter einen Busch. »Wir würden hier mitten auf dem Weg ziemliches Aufsehen erregen, sind wir doch aus dem Alter, in dem sich Liebespaare üblicherweise auf der Straße küssen, weit heraus«, meinte er entschuldigend. Er nahm behutsam ihren Kopf zwischen seine Hände und küsste sie so zärtlich und leidenschaftlich zugleich, dass ihr die Knie weich wurden und Schauer durch ihren Körper liefen. Dann küsste er ihre Augen, ihre Stirn, ihre Wangen und dazwischen immer wieder ihren Mund. Ein Hund kam angelaufen und schnüffelte um sie herum. Eine Frauenstimme rief nach ihm und das Tier lief davon, nicht ohne vorher sein Bein gehoben zu haben. Die Dämmerung brach langsam herein, es war Anfang Mai.

»Du bist natürlich verheiratet?«, fragte sie.

»Und du sicher auch?«, entgegnete er.

Sie nickte. »Auch wenn es abgedroschen klingt, aber meine Ehe – es ist übrigens meine zweite – ist eigentlich keine richtige Ehe, war es nie.«

»Meine schon, meine Ehe ist eine richtige Ehe, seit über 25 Jahren, mit Kindern und allem, was so dazugehört.«

»Liebst du deine Frau?«

»Ich mag meine Frau immer noch sehr, ja, ich kann sagen, ich liebe sie.«

»Tust du das oft, was du heute tust?«

»Nein, eigentlich nie. Ich hatte wohl die eine oder andere Affäre, das war aber anders, eben nur eine Affäre.«

»Gab es davon viele?«

»Nein, sehr wenige – vielleicht zwei oder drei.«

»Und was ist das heute?«

»Das ist keine Affäre! Ich wollte das schon seit langer, langer Zeit tun. Gestern habe ich mich endlich getraut, dich zu fragen.«

»Hattest du bemerkt, wie enttäuscht ich war, als du mich am Mittwoch so rasch verabschiedet hast?«

Er lachte. »Du bist sehr direkt! Ja, ich habe es bemerkt, daher habe ich dann auch den Mut gefasst, dich anzurufen.«

»Ich bin froh, dass du es endlich getan hast. Ich hatte mir nämlich eine zeitliche Grenze gesetzt. Ich dachte: Wenn er am Mittwoch nichts sagt, schlage ich mir die Sache endgültig aus dem Kopf.«

»Wie gut, dass ich dann doch noch den Mut aufgebracht habe.«

In der Zwischenzeit waren die Laternen angegangen und ihr Licht spiegelte sich im See. Sie hielten einander eng umschlungen, in der Dunkelheit waren ihnen die anderen Leute egal. Er fragte, ob sie etwas essen wolle, doch sie meinte, dass ihnen dann weniger Zeit füreinander bliebe. Obwohl ihre Körper nacheinander verlangten, wussten beide, dass sie die Nacht nicht miteinander verbringen würden und dass es wahrscheinlich keine weiteren gemeinsamen Abende geben würde. So geizten sie mit der Zeit. Sie sagten sich die verrücktesten Dinge. Sie sagten: Ich liebe dich, ich liebe dich so sehr, ich habe mein ganzes Leben auf dich gewartet, ich kann ohne dich nicht mehr leben, ich will mit dir schlafen, ich will dich in mir spüren – und sie wussten beide, dass es nicht stimmte, obwohl es wahr war. Immer wieder tauschten sie heiße, leidenschaftliche, begierige Küsse. Er öffnete den Reißverschluss ihres Kleides und streichelte ihre Brüste.

»Weißt du, dass ich das schon einmal tun wollte, als ich deine Brust untersuchte?«, flüsterte er ihr ins Ohr.

»Du Lüstling!«, murmelte sie. »Hoffentlich hast du diese Wünsche nicht bei allen Frauen!«

Er kicherte in sich hinein und neckte sie, indem er sagte, darüber gebe er keine Auskunft. Irgendwann, es war schon fast zehn Uhr, verspürten sie großen Hunger, und so wanderten sie zum Chinesischen Turm, um dort noch etwas zu essen. Es waren nicht mehr viele Gäste im Wirtsgarten. Sie setzten sich ganz hinten in eine Ecke. Während des Essens sahen sie einander ständig in die Augen. Manchmal ergriffen sie sich an ihren linken Händen und aßen nur mit der rechten Hand. Jede Minute war kostbar. Gegen elf Uhr begann man die Tische abzuräumen und es wurden keine Getränke mehr ausgeschenkt.

Schließlich gingen sie eng umschlungen zurück, wobei sie immer wieder anhielten, um sich zu küssen oder sich aneinander zu pressen. Als sie bei seinem Motorrad angelangt waren, fragte er: »Soll ich dich irgendwo absetzen?«

»Nein«, wehrte sie ab, »mein Auto steht ganz in der Nähe.«

»Dann bringe ich dich zu deinem Wagen.«

»Es ist nicht der Rede wert, er steht gleich um die Ecke. Ich war früh genug da und habe einen guten Parkplatz ergattert.«

Er zog sie noch einmal an sich, küsste sie lange und leidenschaftlich wie ein Ertrinkender. »Ich liebe dich wahnsinnig«, flüsterte er.

»Ich liebe dich auch und ich bin so dankbar für diesen Abend. Ich werde ihn nie, nie vergessen!«

Sie wussten beide, dass sie sich nicht wiedersehen würden, aber sie sprachen es nicht aus.

»Dieses Glück, das wir heute erfahren haben, kann uns keiner nehmen.«

»Keiner«, bestätigte er.

»Ich werde jetzt gehen.«

»Ich bringe dich zum Auto.«

»Nein, bitte nicht, ich möchte alleine gehen. Fahre mir bitte auch nicht hinterher.«

Er setzte seinen Helm auf und zog den Reißverschluss seiner dunklen Jacke zu. Es war kühl geworden. »Ich liebe dich«, sagte er noch einmal, »aber es ist zu spät, um etwas Neues zu beginnen. Außerdem würden wir so vieles kaputt machen.«

»Vor allem du«, sagte sie und dachte, dass es bei ihr nichts kaputt zu machen gab. Trotzdem war sie froh, dass es so endete. Zwar führte sie keine gute Ehe mit Paul, jedenfalls keine, für die es sich zu kämpfen lohnte. Und dennoch wusste sie, dass ihr die Kraft fehlen würde, noch einmal etwas Neues zu beginnen – und schon gar nicht mit einem Mann mit so starken familiären Bindungen. Sie müsste ja dann nicht nur ihre eigene Scheidung durchstehen, sondern auch noch seine Trennung miterleben, und dazu, das war ihr klar, wäre sie nicht imstande. Außerdem würde sie dann immer mit der Schuld leben müssen, ihn seiner Familie entzweit zu haben. Nein, nein, das wollte sie alles nicht!

Sie hatte sich schon abgewendet, da drehte sie sich noch einmal um. »Ihr habt doch seit einiger Zeit eine Ärztin in eurer Gemeinschaftspraxis?«, fragte sie.

»Ja, Frau Dr. Degenhardt, eine tüchtige Gynäkologin, sehr patent.«

»Ich möchte gerne weiterhin Patientin in eurer Arztpraxis bleiben, weil meine Krankengeschichte bei euch vorliegt und weil mir dort alles vertraut ist. Du müsstest deiner Kollegin Einsicht in meine Unterlagen geben und ihr irgendwie plausibel machen, weshalb ich zu ihr wechseln will.«

»Mir wird etwas Passendes einfallen«, versprach er. »Es tut mir leid, dich als Patientin zu verlieren.«

»Mir auch«, antwortete sie, »aber es wäre doch sehr unpassend nach diesem Abend, meinst du nicht?«

Er nickte. »Doch, das meine ich auch. Aber die Erinnerung an alles, was heute geschehen ist, kann uns keiner nehmen, keiner!«

»Ich werde diesen Abend immer im Gedächtnis behalten«, stimmte sie ihm zu.

Sie fühlte Tränen aufsteigen und wollte schnell weg. Er hielt sie fest. »Bitte sag, dass keine Bitterkeit zurückbleibt, sag, dass du es nicht bereust! Das wäre schrecklich. Ein bisschen Wehmut, ein wenig Traurigkeit, aber keine Bitterkeit und kein Bereuen.«

Sie schüttelte den Kopf. »Ich schwöre hoch und heilig: keine Bitterkeit und keine Reue, versprochen.«

Er hatte schon den Helm auf dem Kopf. Jetzt zog er sie erneut an sich, nahm ihr Gesicht in seine Hände und küsste ihre Lippen, die sich nun kalt und feucht anfühlten. »Ich liebe dich so!«, sagte er noch einmal und es hörte sich an, als zittere seine Stimme.

Er setzte sich auf die Maschine, schaltete die Zündung ein und sie drehte sich um und ging. Einmal, als sie auf dem Weg zu ihrem Auto Motorradlärm hinter sich hörte, dachte sie, er käme ihr nach, doch als das Motorrad an ihr vorbeifuhr, war es ein anderer, er trug eine helle Jacke.

Drei Monate später ließ sie sich einen Termin bei Frau Dr. Degenhardt geben. Diese wusste Bescheid, als sie kam. »Herr Dr. Petzold hat mir gesagt, dass Sie lieber von einer Ärztin behandelt werden wollen. Es gibt viele Frauen, die ab einem bestimmten Alter eine Ärztin bevorzugen.«

Das war ihm also eingefallen, dachte sie. Wirklich sehr plausibel.

Frau Dr. Degenhardt war über ihren Fall bestens im Bilde. Auf der Ultraschallaufnahme, die sie anfertigte, war kein dunkler Fleck mehr zu erkennen. Und da sie ja über keinerlei Beschwerden klage und keine Blutungen habe, dürfte wohl alles in Ordnung sein, erklärte sie ihrer Patientin zuversichtlich und fuhr fort, dass es unter diesen Umständen wohl genüge, wenn sie in einem halben Jahr wieder komme.

Als sie sich von der Ärztin verabschiedet hatte und auf den Gang hinaustrat, wäre sie beinahe mit ihm zusammengestoßen. Er wollte gerade eine Patientin aus dem Wartezimmer holen. Er hatte die Türe des Wartezimmers bereits geöffnet, als er sie bei ihrem Anblick noch einmal schloss. Frau Dr. Degenhardt hatte sich in ihr Behandlungszimmer zurückgezogen, sie waren also allein auf dem Flur. Er fasste nach ihrer Hand und drückte sie so fest, dass es wehtat.

»Ich wusste, dass du heute kommst, ich habe im Terminkalender der Sprechstundenhilfe geschnüffelt«, sagte er schelmisch. »Ich hatte große Angst, ich könnte dich verpassen. Denkst du noch oft an unseren Abend?«

»Ich denke immer daran, ständig«, flüsterte sie.

»Es war der schönste Abend meines Lebens, und er wird es bleiben, dessen bin ich ganz sicher! Nichts kann diesen Abend jemals übertreffen.«

»Ich empfinde es ganz genauso«, sagte sie und versuchte, ihm ihre Hand zu entziehen.

»Vielleicht sollten wir ihn doch noch einmal wiederholen?«, schlug er vor, »noch einmal so glücklich sein?«

»Ich fürchte, es wäre nicht mehr dasselbe. Bestimmte Dinge lassen sich einfach nicht wiederholen! Lassen wir es bei der wunderschönen Erinnerung.«

Plötzlich zog er ihren Kopf zu sich heran und küsste sie schnell und heftig auf den Mund. Er drückte noch einmal ihre Hand. »Vielleicht hast du Recht«, pflichtete er ihr bei und sah sie sehnsuchtsvoll an. »Lassen wir es bei dieser einmaligen, zauberhaften Erinnerung.«

Er ließ langsam ihre Hand los, streichelte noch einmal über ihr Gesicht und öffnete dann die Tür zum Wartezimmer, um die nächste Patientin zu sich zu bitten.

Die Tragödie

Ein Junge erzählt

N ach fünfjähriger Trennung von der Familie ist mein Vater wieder bei uns eingezogen. Ich hatte dabei kein gutes Gefühl und war mir ganz sicher, dass diese Entscheidung meiner Eltern ein Fehler war, ein noch größerer Fehler als der damalige Entschluss meines Vaters, seine Familie zu verlassen. Vielleicht war es der größte Fehler überhaupt, dass meine Eltern je geheiratet haben. Aber dann gäbe es uns nicht, meine Schwester und mich, und das wäre immerhin sehr schade. Aber ich glaube, ich erzähle besser der Reihe nach, damit man es auch versteht.

Als ich neun Jahre alt war und meine Schwester sieben, verließ Vater meine Mutter und uns Kinder, um mit einer anderen Frau zu leben. Er sagte zwar, wir würden immer seine Kinder bleiben und zwischen uns und ihm würde sich nie etwas ändern, doch das war ganz und gar nicht so. Die Frauen nämlich, mit denen er jeweils mehr oder weniger lange zusammenlebte, waren nicht immer begeistert, wenn wir zu Besuch kamen, und schon gar nicht, wenn mein Vater mit uns alleine etwas unternehmen wollte. Dann schmollten sie, waren misslaunig, straften ihn mit Liebesentzug oder sagten gleich klipp und klar, dass sie ihn nicht ständig mit seinen Kindern teilen wollten. Das führte dazu, dass sich eben doch vieles zwischen uns änderte und wir unseren Vater immer seltener sahen, oftmals nur heimlich hinter dem Rücken der jeweiligen Dame. Alle diese Frauen hatten eines gemeinsam: Sie waren wesentlich jünger als mein Vater. Als er uns verließ, war er knapp vierzig, seine Freundinnen höchstens zwischen fünfundzwanzig und dreißig. Sie wollten das Leben genießen, ausgehen, verreisen, sich mit Freunden treffen, im Beruf

Erfolg haben und vielleicht in ein paar Jahren eigene Kinder oder wenigstens ein eigenes Kind. Meine Schwester und ich, so meinten sie, seien doch bei unserer Mutter am besten aufgehoben.

Die erste Frau nach meiner Mutter, diejenige, die er so sehr liebte, dass er ohne sie nicht mehr leben konnte und uns deshalb verlassen musste, hieß Liliane. Sie war sehr hübsch, 26 Jahre alt und seine Sekretärin. Sie trug superkurze Miniröcke, hatte schöne lange Beine und war stets perfekt gestylt. Jedes ihrer blonden, kurz gelockten Härchen saß auf dem richtigen Fleck, nie war ihre Frisur durcheinander oder gar unordentlich. Manchmal, wenn wir bei unserem Vater übernachteten, was in der ersten Zeit noch bisweilen vorkam, sah sie schon am Morgen nach dem Aufstehen so makellos herausgeputzt aus, als habe sie im Stehen geschlafen, um nur ja nicht ihre Frisur oder ihr kunstvolles Make-up zu derangieren. Wahrscheinlicher ist allerdings, dass sie leise und heimlich lange vor uns aufstand, um dieses Kunstwerk zu vollenden. Leider mochte Liliane es gar nicht leiden, wenn jemand in ihre Haare griff oder ihr auch nur über den Kopf streichelte. Mein Vater jedoch liebte es, den Frauen die Haare zu zerzausen, seine Nase in ihren Haaren zu vergraben oder mit ihnen zu spielen. Für ihn war das ein Zeichen von Liebe und Leidenschaft. Liliane jedoch war es ein Gräuel. Aber vielleicht waren Liebe und Leidenschaft ihr ebenfalls ein Gräuel. Warum also ausgerechnet Liliane die Frau sein sollte, ohne die mein Vater nicht mehr leben wollte, war mir nicht klar. Auch meine Schwester, obwohl erst sieben Jahre alt, machte sich darüber Gedanken.

»Vielleicht hat sie ja nur so getan, als ob sie ganz nett wäre – nur um den Papa zu bekommen«, sagte sie einmal zu mir. »In Wirklichkeit ist sie aber gar nicht lieb.«

Damit konnte sie Recht haben, denn nur etwa neun Monate, nachdem mein Vater mit Liliane, der Frau, ohne die er nicht mehr leben zu können glaubte, zusammengezogen war, zog er wieder bei ihr aus.

Ich weiß nicht, ob dies der erste Ehebruch war, den mein Vater begangen hatte. Nicht einmal meine Mutter wusste es ganz genau. Sie war jedenfalls die erste Frau, deretwegen er seine Ehe aufs Spiel setzte. Meine Mutter liebte meinen Vater sehr. Außerdem hatte sie große Angst davor, uns Kinder alleine großziehen zu müssen, sie traute sich das einfach nicht zu. Deshalb sah sie der Geschichte mit Liliane eine ganze Weile zu, bis sie ihn dann eines Tages dazu zwang, sich zu entscheiden. Plötzlich wollte sie das Theater, wie sie es nannte, keinen Tag länger aushalten.

»Entweder du trennst dich von ihr, und das heißt, sie kann dann auch nicht mehr deine Sekretärin sein, oder du trennst dich von uns.« Etwas in dieser Art sagte sie zu meinem Vater, und es schien, als habe er nur auf diesen Vorschlag gewartet, denn ohne lange zu überlegen verließ er uns.

Meine Mutter traf dies wie ein Blitz, sie hätte nie damit gerechnet, dass seine Entscheidung so ausfallen würde. Nachdem mein Vater ausgezogen war, war sie einige Zeit wie gelähmt. Sie bewegte sich wie eine Marionette, handelte mechanisch wie eine aufgezogene Puppe und wusste oft in der nächsten Minute nicht mehr, was sie soeben getan hatte. Manchmal machte sie auch ganz sinnlose Dinge. So schüttete sie einmal Zucker in den Salat, und erst als die Zuckerdose zur Hälfte leer war, bemerkte sie, was sie da tat. Es war schrecklich, unsere Mutter so leiden zu sehen, vor allem weil sie auch unseretwegen litt, da wir nun ohne Vater aufwachsen mussten. Ich versuchte ihr klarzumachen, dass es für uns doch nicht so schlimm sei, dass wir unseren Vater ja immer sehen konnten, wenn wir das wollten, und dass wir zu Hause gut ohne ihn auskommen könnten. Doch das half alles nicht, zumal meine Schwester häufig nach ihrem Papa verlangte und versuchte, ihn anzurufen, ihn aber selten erreichte und dann sehr traurig war.

Einmal trafen wir Liliane und meinen Vater zufällig auf der Straße. Dieses Treffen war von niemandem geplant und völlig unvorhersehbar, sodass wir zunächst alle wie vom Donner gerührt voreinander standen – auf der einen Seite Mutter und wir, uns gegenüber mein Vater mit Liliane. Die Erste, die reagierte, war meine Schwester, die ganz unbefangen und freudig »Papa« rief und auf ihn zulief. Meine Mutter stand zunächst wie zur Salzsäule erstarrt, doch auf einmal machte sie einen Schritt auf Liliane zu und schlug ihr ein paar Mal kräftig ins Gesicht. Einen Moment lang sah es so aus, als wolle mein Vater sich auf sie stürzen, doch da sagte Mutter ganz kalt: »Wage es nicht, wage das ja nicht, du Schuft!«

Aber da hatte Liliane ihn auch schon fortgezogen. Meine Schwester, die eben noch an ihrem Vater gehangen hatte, fing an zu weinen und wollte ihm nachlaufen, aber meine Mutter hielt sie zurück, nahm sie ganz fest in den Arm und drückte sie.

Von da an ging es meiner Mutter besser. Immer öfter hörten wir sie wieder singen, so wie früher. Sie scherzte mit uns und erzählte uns lustige Begebenheiten von ihrer Arbeit oder las uns am Abend vor dem Schlafengehen noch vor. Obwohl ich zu dieser Zeit auch schon selber viel schmökerte, hörte ich immer noch gerne zu, wenn sie uns vorlas.

Meine Mutter ist von Beruf Bibliothekarin. Kurz nachdem Vater uns verlassen hatte, suchte sie intensiv nach einer Teilzeitstelle und war überglücklich, als sie uns eines Tages mitteilen konnte, dass sie etwas gefunden hatte. Zuerst arbeitete sie halbtags und dann, als meine Schwester und ich etwas älter waren, dreißig Stunden in der Woche. Mutter liebte ihren Beruf und Bücher bedeuteten ihr alles. Man spürte, dass sie gerne in die Bibliothek ging und die Arbeit für sie keine Last war. Sie war auch viel ausgeglichener als früher und es schien, als habe sie wieder richtig Freude am Leben. Einen Mann hat sie nie mit nach Hause gebracht, wir wussten nicht einmal etwas von gelegentlichen Treffen. Nur einmal erzählte sie uns, dass sie ein paar Mal mit Fredy, dem Reitlehrer meiner Schwester, ausgegangen sei. Mehr sagte sie darüber nicht. Auch meine Schwester, die von ihrem Reitlehrer Näheres über die Beziehung zu erfahren versuchte, scheiterte. Er machte ein Pokergesicht und meinte nur, dass Mutter eine sehr nette Frau sei. Sie konnte sich nicht einmal vorstellen, wie die beiden sich nähergekommen waren, denn obwohl unsere Mutter sie oft vom Reitunterricht abholte, hatte sie nie gesehen, dass die beiden sich längere Zeit unterhielten. Sie musste allerdings einräumen, dass sie manchmal mit einer anderen Reitlehrerin ausgeritten war und bei ihrer Rückkehr meine Mutter mit Fredy im Reitstall vorgefunden hatte. Nie war ihr jedoch der Gedanke gekommen, dass da etwas in der Luft liegen könnte.

Nach der Geschichte mit Liliane nahm mein Vater sich eine eigene Wohnung, er wollte nicht noch einmal plötzlich ohne eigene Bleibe dastehen. Nach seinem Auszug hatte er einige Wochen bei einem Freund gewohnt, bis er eine Unterkunft gefunden hatte. Diese sah eine ganze Zeit lang ziemlich leer aus, bis mein Vater sich allmählich einige Möbel anschaffte. Seinen Schreibtisch und ein paar Stühle sowie einen Schrank holte er bei uns zu Hause ab.

Bei unseren ersten Besuchen in seiner neuen Wohnung war mein Vater allein. Doch bald schon war wieder eine Frau anwesend. Sie hieß Yvonne. Yvonne war das, was unsere Großeltern »rassig« genannt haben. Sie hatte lange, kohlrabenschwarze Haare, dunkle Augen, die lustig funkeln, aber auch sehr böse dreinblicken konnten, und einen dunklen Teint. Obwohl auch sie viel jünger war als mein Vater, war sie schrecklich eifersüchtig. Als wir sie zum ersten Mal bei ihm sahen, war sie wohl nur besuchsweise anwesend, beim zweiten Mal hatten wir dann den Eindruck, dass sie bei ihm wohnte. Ihren Beruf wollte sie uns nie verraten, auch mein Vater rückte nicht so recht damit heraus. Einmal sagte er, sie studiere noch, ein anderes Mal hörten wir etwas von einer Lehre, doch so nach und nach kriegten wir heraus, dass sie schon verschiedene Berufe angefangen hatte und nun eine Ausbildung zur Kosmetikerin machte. Eigentlich passte das gar nicht zu ihr, denn sie machte einen ziemlich sportlichen Eindruck und sie schminkte sich auch nicht übermäßig. Dennoch schien sie entschlossen zu sein, diese Ausbildung zu Ende zu bringen. Sie träumte davon, eines Tages einen eigenen Kosmetiksalon zu haben oder noch lieber eine eigene Parfümerie.

Was meinem Vater an Yvonne gefiel, haben wir nie herausgefunden. Sie war eigentlich gar nicht sein Typ, auch war nichts Sanftes oder Fürsorgliches an ihr. Manchmal dachten wir, er sei aus Protest mit ihr zusammen, weil sie zumindest äußerlich das genaue Gegenteil der durchgestylten, puppenhaften Liliane war. Das Auffallendste an Yvonne waren ihre schwarzen Haare, mit denen sie sich zwar nicht viel Mühe gab, die aber alleine durch ihre Schönheit und Fülle sehenswert waren. Zumindest durfte mein Vater in ihren Haaren nach Herzenslust wühlen. Sie hatte nichts dagegen und manchmal dachte ich, dass es vielleicht das war, was ihn zu ihr hinzog.

Mit uns Kindern konnte Yvonne nicht viel anfangen. Zwar schlug sie manchmal vor, mit uns »Mensch ärgere dich nicht« zu spielen oder »Halma«, man spürte aber nach kürzester Zeit, dass sie dabei stets eher meinen Vater beobachtete als sich auf das Spiel zu konzentrieren. Schon nach kurzer Zeit verlor sie die Lust und schlug vor, dass wir gemeinsam fernsehen sollten, wo sie sich nah neben Vater setzen konnte und ihn im Auge hatte. Im Übrigen hatten wir das Gefühl, dass es ihr lieber war, wenn wir nicht zu oft kamen und sie ihn für sich alleine hatte. Wir waren eher ein notwendiges Übel, das sie eben ertragen musste, wenn sie meinen Vater behalten wollte.

Ihre Eifersucht ging so weit, dass sie uns ein paar Mal vor der Schule abfing, um uns über ihn auszufragen. Einmal, gar nicht lange nachdem sie bei ihm eingezogen war, fragte sie meine Schwester ganz unverblümt, ob mein Vater eine Neue habe. Worauf meine Schwester arglos antwortete: »Wieso, ich dachte, du bist die Neue?«

Daraufhin war Yvonne sehr zufrieden und sie verschonte uns einige Zeit mit ihren Fragen. Dennoch dauerte die Geschichte nicht lange. Eines Tages waren ihre Sachen nicht mehr im Bad, ihre Schuhe standen nicht mehr in der Diele und ihr Geruch war ebenfalls aus der Wohnung verschwunden. Meine Schwester, inzwischen acht Jahre alt, fragte natürlich nach Yvonne, doch Vater meinte nur, sie hätten sich eben nicht mehr vertragen und da sei sie wieder ausgezogen.

»Und wohin ist sie gezogen?«, wollte meine Schwester wissen.

Worauf Vater nur die Schultern zuckte und übergangslos fragte, was wir an diesem Tag unternehmen wollten.

Nach Yvonne kam Barbara, genannt Barbie. Sie war Studentin. Barbie hieß nicht nur so, sie sah auch so aus. Lange blonde Haare, Schmollmund, eine schlanke Figur, aber mit großer Oberweite. Barbie war sexy, wie mein Vater behauptete, und die Männer drehten sich nach ihr um. Ihre Schönheit war nicht so künstlich wie die von Liliane, doch auch sie verwendete bestimmt viel Zeit auf ihr Äußeres. Barbie studierte Germanistik und Englisch fürs Lehramt, und ich fragte mich, wie sie wohl in einer Schulklasse mit älteren Jungs zurechtkommen wollte. Mit meinen inzwischen zwölf Jahren besuchte ich nun das Gymnasium und hörte oft genug, wie die großen Schüler über manche Lehrerinnen sprachen. Aber vielleicht war ja das Studium nur ein Vorwand, um einen Mann zu finden, vielleicht wollte sie eigene Kinder haben und gar nicht arbeiten, oder vielleicht wollte sie umsatteln und Model werden oder als Ansagerin zum Fernsehen gehen. Sie sprach zwar oft und gerne von ihrem Studium und von ihren Prüfungen, trotzdem klang es wenig überzeugend, und ich konnte mir einfach nicht vorstellen, dass es ihr Ziel war, einmal als Lehrerin vor einer Klasse zu stehen. Meinen Vater schien es wenig zu interessieren, was sie wollte und was sie machte. Er war stolz auf sie, auf ihr attraktives Aussehen, ihre aufregende Ausstrahlung und darauf, dass sie ihm gehörte.

Zwar bekam sie von ihren Eltern Geld für das Studium, doch mein Vater sagte, er wolle für sie sorgen, er verdiene genug und sei schließlich so gut wie ihr Ehemann. Barbie aber wollte nicht ganz und gar von ihm abhängig sein. Sie bestand darauf, dass ihre Eltern weiterhin ihr Studium finanzierten, ließ sich aber gerne von ihm beschenken. Ich glaube, mit Barbie war mein Vater wirklich glücklich. Sie erfüllte alle Wünsche, die er an eine Frau hatte. Sie war schön und sexy, nicht dumm, manchmal sogar geistreich, und sie begleitete ihn gerne auf seinen Reisen, ein paar Mal sogar auf seinen Dienstreisen. Sie hatte gerne Freunde um sich, sowohl ihre eigenen als auch seine. Meine Schwester und mich behandelte sie wie Kumpel, ohne allerdings irgendetwas mit uns zusammen zu unternehmen. Wenn es ihr aber gerade nicht in den Kram passte, sagte sie uns klipp und klar, dass wir im Augenblick nicht erwünscht seien, weil sie und mein Vater anderes vorhätten. Sie hatte dabei nicht die Spur eines schlechten Gewissens. Zwei oder drei Mal ließ sie uns nicht mal in die Wohnung und schickte uns umgehend wieder zurück zu unserer Mutter. Um sich nichts vorwerfen zu müssen, bestellte sie ein Taxi, das uns zurückbrachte, oder sie bat Vater, uns zu Hause abzusetzen. Unser Vater tat dies ohne Murren und Widerrede, und als meine Schwester einmal deswegen zu heulen anfing, klopfte sie ihr ein paar Mal auf die Schulter und sagte: »Nächstes Mal klappt es bestimmt!«

Dennoch war Barbie uns sympathischer als Liliane oder Yvonne, vielleicht weil wir spürten, dass Vater glücklich war. Und obwohl wir ihm eine Menge vorzuwerfen hatten, wollten wir, dass er glücklich war. Verrückt, nicht wahr?

Nach etwa eineinhalb Jahren war Schluss mit Barbie. Den Grund haben wir nie genau erfahren. Barbie hatte ihr Studium aufgegeben und versuchte, als Model Karriere zu machen. Sie klapperte einen Haufen Agenturen ab, hinterließ überall teure Fotomappen, die meist mein Vater bezahlte, und bekam doch nur selten einen Auftrag. Einmal verreiste sie für eine ganze Woche zu Fotoaufnahmen in ein fernes Land, ohne meinem Vater vorher etwas zu sagen. Damals begann es in der Beziehung zu kriseln und irgendwann sahen wir sie nicht mehr. Mein Vater sagte diesen Satz, den ich schon so oft von Erwachsenen gehört habe: »Wir haben uns auseinandergelebt.« Was das auch immer heißen mochte!

Auf Barbie folgte Marietta. Sie war eine Ausnahme, sowohl was ihre Haltung uns Kindern gegenüber betraf als auch sonst. Schon als sie uns das erste Mal die Tür öffnete, wussten wir, dass sie anders war. Marietta mochte uns, sie freute sich wirklich, wenn wir zu Besuch kamen, und sie bat uns, so oft wie möglich zu kommen. Meine Schwester und ich mochten sie ebenfalls auf Anhieb. Marietta hatte braune Haare, die ihr bis zum Kinn reichten, sanfte, große graue Augen, und sie war nicht sehr groß. Sie hatte nicht Lilianes schöne Beine, nichts von Yvonnes südländischer Erscheinung und nicht Barbies aufreizende Figur. Sie wirkte auf den ersten Blick eher farblos – aber nur auf den ersten Blick, beim zweiten spürte man bereits, dass sie etwas Besonderes war. Sie war gutmütig und sanft, sie nannte meinen Vater zuweilen »alter Brummbär« und bedachte uns Kinder mit seltsamen Kosenamen oder sie verniedlichte unsere Vornamen. So nannte sie meine Schwester Lena gelegentlich Lenilein oder Lenchen, was diese jedem anderen übel genommen hätte, bei Marietta aber fand sie es schmeichelhaft. Oft schlug sie vor, ohne Vater etwas zu unternehmen, weil dieser an bestimmten Dingen eben kein Interesse hatte oder lieber mit Freunden Tennis spielte oder in einer Kneipe herumhing. So ging Marietta mit uns Schwimmen, schleppte uns ins Kindertheater und ins Kino oder wir gingen Eis essen oder Schlittschuhlaufen, was sie sehr gut beherrschte. Manchmal stellten wir Kinder uns an den Rand, hielten uns an der Barriere fest und sahen nur zu, wie Marietta Schlittschuh lief. Sie bewegte sich so traumhaft sicher und anmutig auf dem Eis, wir hätten ihr stundenlang zuschauen können. Sie konnte wunderbare Pirouetten drehen, hohe Sprünge machen und dann einfach drauflosflitzen. Wenn wir Marietta genügend bewundert hatten, liefen wir mit ihr zusammen und sie zeigte uns einige Schritte und Übungen, die uns auch ein ganzes Stück weiterbrachten. Dass meine Schwester später beim Eislaufen ziemlichen Ehrgeiz entwickelte und heute eine sehr gute Schlittschuhläuferin ist, was ihr bei den Jungen viel Bewunderung einbringt, verdankt sie Marietta.

Oft fuhr Marietta mit uns auch ein Stück im Auto zu einem großen Wald, wo wir lange Spaziergänge unternahmen und wo sie – ohne dabei auch nur im Geringsten schulmeisterlich zu klingen – die Namen von Pflanzen, Blumen und Bäumen erklärte, sich mit uns mitten im Wald ins Moos setzte und uns auf Käfer und allerlei Getier hinwies. Manchmal kam auch Vater mit und wir bekamen den Eindruck, dass er eifersüchtig war, weil Marietta uns so sehr mochte.

Unserer Mutter gegenüber hatten wir ein schlechtes Gewissen wegen unserer Zuneigung zu Marietta. Ohne es abzusprechen, erwähnten wir beide nicht, dass Papa schon wieder eine Neue hatte. Wenn wir von ihr sprachen, sprachen wir nur von Papas Freundin und nannten keinen Namen. Und da Mutter uns nicht direkt danach fragte, erwähnten wir auch nicht, dass nun nicht mehr Barbie sein Leben teilte, sondern Marietta. Sie wurde erst nach einiger Zeit hellhörig, als wir nämlich ohne zu murren zu unserem Vater gingen und dort sogar öfter übernachteten. Seltsamerweise passte es nun Vater nicht, wenn wir über Nacht bleiben wollten, weil sich Marietta dann ausschließlich mit uns beschäftigte. Sie konnte zum Beispiel herrliche Kuchen backen und wurde nicht müde, immer wieder neue Kuchenrezepte auszuprobieren, die alle wunderbar schmeckten. Es machte ihr einfach Freude, Zeit mit uns zu verbringen.

Sie sah aus wie ein junges Mädchen, dabei war sie die bisher älteste von Papas Freundinnen, sie war nämlich schon dreißig. »Sogar ein bisschen darüber«, sagte sie einmal und legte verschwörerisch ihren Finger auf den Mund.

Richtig misstrauisch wurde meine Mutter, als wir sie eines Tages fragten, ob wir mit Vater und seiner Freundin zwei Wochen in den Urlaub fahren dürften. Noch nie hatte er uns mitnehmen wollen, davon war noch kein einziges Mal die Rede gewesen. Natürlich kam der Vorschlag von Marietta. Sie fragte uns, ob wir glaubten, dass unsere Mutter uns mitfahren lassen würde, und dann erst sprach sie mit meinem Vater. Er war nicht begeistert und wollte sich herausreden. Er müsse das ganze Jahr hart arbeiten, jeden Tag fast vierzehn Stunden, von den Geschäftsreisen gar nicht zu reden, er brauche seinen Urlaub wirklich, und zwar für sich alleine – mit Marietta natürlich. Aber Marietta gab nicht nach. Sie meinte, mein Vater habe schließlich noch mehr Urlaub und den Rest könnten sie ja dann alleine verbringen, aber es wäre doch nett, einmal zusammen mit den Kindern zu verreisen.

»Ach komm, Brummbär«, schnurrte sie wie ein Kätzchen, »nur das eine Mal. Ich habe die Kinder nun mal so gerne um mich und ihr kommt euch dann auch wieder ein Stück näher, ich habe den Eindruck, das würde euch guttun.«

Mein Vater war also umgestimmt, nun musste nur noch meine Mutter ihr Einverständnis geben. Sie fragte immer wieder, wieso unser Vater plötzlich mit uns Ferien machen wollte. »Diese Barbara oder Barbie war doch noch nie so von euch angetan, und nun will sie euch sogar mit in den Urlaub nehmen?«

Meine Schwester und ich sahen uns an und dann rückte Lena damit heraus, dass inzwischen Marietta Papas Freundin war. »Und das schon ganz schön lange«, fügte sie noch hinzu.

Meine Mutter schnappte nach Luft. »Und das erfahre ich erst jetzt? Ihr seid ja richtig hinterhältig! Die mögt ihr wohl, diese Marietta?«

Ja, die mochten wir. Und dann gab es kein Halten mehr, es sprudelte nur so aus uns heraus: was Marietta alles konnte, was sie alles mit uns machte, was sie alles wusste. »Sie ist einfach super!«, rief meine Schwester begeistert aus.

Wenn meine Mutter eifersüchtig oder traurig war, ließ sie es sich nicht anmerken. Sie fragte nur: »Was macht Marietta denn beruflich?«

»Sie ist Grundschullehrerin«, antworteten wir beide wie aus einem Mund.

»Aha«, meinte Mutter, »und ihr würdet also gerne mit Marietta und eurem Vater für zwei Wochen in die Ferien fahren? Wohin soll's denn überhaupt gehen?«

Lena und ich sahen uns verdutzt an. Darüber hatten wir noch gar nicht gesprochen. Es war uns auch egal, denn mit Marietta war es bestimmt überall schön. Wir mussten Mutter versprechen, das Ziel der Reise bald zu klären, und dann meinte sie, wenn wir nicht zum Himalaja führen, hätte sie nichts dagegen einzuwenden. Vielleicht würde sie dann auch einmal ohne uns mit einer Freundin wegfahren.

Leider kam es nicht mehr zu der ersehnten Reise, die übrigens nach Italien hätte gehen sollen, ans Meer natürlich. Marietta hatte versprochen, sie wolle sich darum kümmern, dass wir einmal mit einem Fischer aufs Meer hinausfahren konnten, nicht zu weit natürlich und nur bei ganz ruhiger See, damit ja nichts passiert. Wir Kinder malten uns die Situation in den schönsten Farben aus, doch wie schon gesagt: Aus dem Urlaub wurde nichts. Marietta hatte nicht nur ein sanftes, liebevolles Wesen, sie war zuweilen auch recht verträumt. Wenn sie zum Beispiel eine Arbeit tat, bei der sie sich nicht sehr konzentrieren musste, wie den Tisch abräumen oder Wäsche bügeln, konnte man sehen, dass sie mit ihren Gedanken ganz weit weg war. Sicher dachte sie sich irgendwelche Geschichten aus oder träumte davon, was wir als Nächstes zusammen unternehmen könnten.

Diese Verträumtheit wurde ihr schließlich zum Verhängnis. Eines Tages wollte sie zum Reisebüro gehen und sich Prospekte von unserem Urlaubsort holen, damit wir sehen konnten, wie es dort aussah. Wir sollten wissen, dass wir nicht in eine Gegend mit Tausenden von Touristen und einem Hotel neben dem anderen fahren würden, sondern in einen Ort, der noch ein bisschen ursprünglich war und wo es tatsächlich Fischer gab. In Gedanken war sie wohl schon in Italien, sah uns in den Wellen planschen und am Strand herumlaufen. Sie ging einfach über die Straße und sah den großen Lastwagen nicht, der auf sie zukam. Der Fahrer hupte wie ein Irrer und bremste zugleich mit aller Kraft, aber er schaffte es nicht mehr. Marietta war schon fast am Lastwagen vorbei, als sein rechter Kotflügel sie doch noch erfasste und zu Boden riss, wo sie leblos liegen blieb. Augenzeugen berichteten, dass der Unfall gar nicht so schlimm ausgesehen habe und man dachte, sie könne nicht sehr schwer verletzt worden sein. Und doch war sie auf der Stelle tot. Sie hatte sich das Genick gebrochen, wie uns Vater später erklärte, der sich bei der Polizei nach dem Unfallhergang erkundigt hatte.

Dummerweise befand er sich an diesem Tag auf einer Dienstreise und sollte erst am nächsten Tag zurückkommen.

Aber eine Nachbarin wusste, wo mein Vater beschäftigt war, und man verständigte sein Büro. Da er nicht die Geduld hatte, am Flughafen auf einen Flug nach Hause zu warten, nahm er sich kurzerhand ein Mietauto und fuhr die vierhundert Kilometer in gut drei Stunden zurück. Weil er nicht mit Marietta verwandt und auch nicht ihr Ehemann war, hätte er ihren Leichnam beinahe nicht mehr sehen dürfen, doch ihre Eltern, die aus dem Fränkischen angereist waren, plädierten vehement dafür, sodass es schließlich doch noch ermöglicht wurde.

Als Mutter uns von dem Unglück unterrichte, weinten wir so heftig und waren so untröstlich, dass sie nicht wusste, wie sie uns beruhigen sollte. Es war wohl das erste Mal seit ihrer Trennung, dass meine Eltern wieder ein richtiges Gespräch miteinander führten, und zwar unseretwegen. Sie beratschlagten, ob man uns erlauben sollte, an der Beerdigung teilzunehmen.

»Lena ist immerhin erst zehn«, gab meine Mutter zu bedenken. Doch diese begann ein schreckliches Gezeter und drohte mit allem Möglichen, wenn sie nicht zu Mariettas Beerdigung gehen dürfe.

Ich bin mir sicher, dass bei diesem Begräbnis weit mehr Leute anwesend waren als auf den meisten Beerdigungen. Mariettas ganze Schulklasse war da, alle Lehrer und Lehrerinnen der Schule, an der sie unterrichtete, ihre Familie und viele, viele Freunde und Bekannte. Seltsam, dass sie uns nie ihre Familie vorgestellt hatte oder wenigstens ein paar Freunde. Bestimmt hätte sie das eines Tages getan, vielleicht wenn sie sicher gewesen wäre, dass Vater sie heiraten würde.

Mein Vater war sehr traurig, er wischte sich sogar Tränen aus den Augen, als man den Sarg hinunterließ. Doch zu Hause schien er irgendwie erleichtert, so als hätte man ihm eine Entscheidung abgenommen, die er schon lange vor sich hergeschoben hatte. Gewiss hätte er Marietta nicht geheiratet, dazu war sie ihm nicht aufregend genug, zu wenig sexy, aber er hatte auch nicht den Mut, mit ihr Schluss zu machen. Nun brauchte er das nicht mehr, die Sache hatte sich von selbst erledigt.

Noch heute träume ich manchmal von Marietta. Meistens trägt sie ein helles Kleid und meistens ist es Sommer. Wir wandern im Sonnenschein auf einer Straße dahin oder wir spazieren durch den Wald, wo es schattig ist. Immer geht Marietta vor uns, dreht sich aber zuweilen nach uns um und lächelt uns mit ihrem sanften Lächeln und ihren großen grauen Augen an. Und plötzlich ist sie verschwunden. So sehr wir auch rufen, meine Schwester und ich, sie kommt nicht zurück.

Etwa drei Monate nachdem Marietta gestorben war, begrüßte uns Tanja in der Wohnung unseres Vaters. Sie war wieder das genaue Gegenteil von Marietta, nämlich der Frauentyp, den er scheinbar bevorzugte. Sie war nicht so blond wie Liliane und Barbie und auch nicht so dunkel wie Yvonne, aber sehr attraktiv. Sie trug ein auffallendes Augen-Make-up, dafür brauchte sie am Morgen bestimmt eine Stunde. Meine inzwischen zwölfjährige Schwester erläuterte fachmännisch, es gebe die Möglichkeit für ein dauerhaftes Make-up, mit dem man sich waschen könne und das etwa ein halbes Jahr lang halte, aber das sei sehr teuer. Mir sollte es egal sein, nach Marietta war Tanja ohnehin ein Schlag ins Gesicht, zumindest für uns Kinder. Vater hingegen genoss es, sich mit ihr zu zeigen. Er war stolz, wenn sich andere Männer nach ihr umdrehten und er ihren Neid fühlte. Für meinen Vater war das ein ganz wichtiger Punkt, dass man ihn um seine Frauen beneidete. Bei Marietta hatte er dieses Gefühl nie gehabt, deshalb war sie für ihn auch nicht so interessant gewesen. Ich hatte jedoch meine Zweifel, ob jemand ihn wirklich um Tanja beneidete. Die Blicke der Männer schienen mir eher so etwas wie flüchtiges Interesse an ihrer aufreizenden Erscheinung auszudrücken, wirklich mit ihm tauschen wollten sie aber sicher nicht. Doch mein Vater deutete das so und es erfüllte ihn mit Freude und Genugtuung.

Uns gegenüber verhielt Tanja sich ähnlich wie ihre Vorgängerinnen, mit Ausnahme von Marietta natürlich. Sie wollte meinen Vater für sich alleine haben, hielt nichts von gemeinsamen Unternehmungen und hatte es auch nicht gerne, wenn wir uns zu lange bei ihm aufhielten. Blieben wir am Wochenende doch einmal über Nacht, so fing sie am Sonntag gleich nach dem Frühstück an, unsere Sachen einzusammeln. Unsere Mutter habe sicher für uns Mittagessen gekocht oder Vater und sie seien zum Essen eingeladen – solche und ähnliche Hinweise sollten uns zu verstehen geben, dass wir so bald wie möglich zu verschwinden hätten. Zum Glück waren wir zu Tanjas Zeit schon alt genug, um mit den öffentlichen Verkehrsmitteln alleine nach Hause zu fahren, und so verständigten meine Schwester und ich uns mit eindeutigen Blicken. Ohne lange zu fackeln, schulterten wir unsere Rucksäcke und weg waren wir. Irgendwann, das war uns klar, würden wir ganz darauf verzichten, überhaupt noch Zeit mit unserem Vater und seinen diversen Freundinnen zu verbringen. Wir würden dann vielleicht noch zu seinem Geburtstag erscheinen, wenn es ihm denn recht wäre, oder zu Weihnachten, aber sonst würden wir ihn seinem jeweiligen Glück überlassen. Aber wieder einmal kam alles ganz anders.

Tanja, sie war übrigens erst fünfundzwanzig, während Vater zu dieser Zeit schon vierundvierzig war, verliebte sich Hals über Kopf und völlig überraschend in einen jungen Mann ihren Alters. Sie freute sich nicht einmal, wenn mein Vater ihr anbot, für ein Wochenende nach Nizza zu fliegen – lieber wollte sie mit Chrissi, so nannte sie ihren Schwarm, der eigentlich Christian hieß, zu Hause bleiben und kuscheln oder höchstens mit ihm ins Schwimmbad um die Ecke gehen. Sie pendelte eine Weile zwischen meinem Vater, der sich das alles gefallen ließ und geduldig darauf wartete, dass sie sich wieder ganz für ihn entscheiden würde, und Chrissi hin und her. Bis sie eines Tages, als Vater im Büro war, ihre Sachen packte, einen Zettel auf den Tisch legte und verschwand.

Bisher war es immer mein Vater gewesen, der die Trennung vorgeschlagen hatte. Tanja war die Erste, die ihn wegen eines anderen, noch dazu jüngeren Mannes verließ. Das traf ihn sehr schwer und er kam lange Zeit nicht darüber hinweg. Er schien sich auch nicht nach einer anderen Frau umzusehen, denn wie man aus seinen Erzählungen entnehmen konnte, arbeitete er noch mehr als vorher und verbrachte seine Freizeit mit Freunden oder alleine zu Hause. Dennoch war ich sehr überrascht, als ich eines Tages vom Sport heimkam und Vater mit unserer Mutter in trauter Zweisamkeit in der Küche sitzen sah. Ich ahnte nichts Gutes. Ich hatte gleich so ein Gefühl, als wolle er wieder bei uns einziehen, und so geschah es dann auch. Nachdem ich ihn immer öfter bei uns daheim vorfand und er manchmal sogar, wenn auch auf dem Sofa, die Nacht bei uns verbrachte, war mir klar, dass wir bald wieder einen Vater zu Hause haben würden. Sogar meine Schwester, die ihm wesentlich mehr zugetan war als ich, fand diese Entwicklung gar nicht gut.

»Sie werden wieder anfangen, sich zu streiten«, sagte sie eines Tages zu mir. Sie war unter einem Vorwand in mein Zimmer gekommen, hatte sich auf mein Bett gesetzt und zuerst von irgendetwas geredet. Schließlich kam sie auf unsere Eltern zu sprechen. Sie sah die Sache genauso wie ich, nämlich dass sich da wieder etwas anbahnte. Auch sie befürchtete, Vater könnte wieder bei uns einziehen und dann würde alles von Neuem beginnen. Denn dass er sich wirklich ändern und Mutter treu sein würde, hielten wir beide für unwahrscheinlich. Wirklich daran geglaubt hatte, wie sich später zeigte, nur meine Mutter.

An einem Samstag, den mein Vater wie inzwischen fast jedes Wochenende bei uns verbrachte, holten die Eltern uns ins Wohnzimmer und redeten mit uns. Sie erklärten, dass Papa zwar Fehler gemacht habe, diese aber sehr bereue und gerne wieder nach Hause kommen wolle, um mit seiner Familie zu leben. Mutter warf uns einen entschuldigenden Blick zu und meinte, dass sie unseren Vater immer noch liebe, ihm gerne alles verzeihen möchte und sich freue, dass wir wieder eine richtige Familie würden. Ich, inzwischen fünfzehn Jahre alt, hatte da so meine Zweifel. Ich glaubte ihr nicht, dass sie ihn immer noch liebte. Sie war eben sehr alleine gewesen in diesen vergangenen fünf Jahren. Mit Ausnahme der kurzen Geschichte mit Fredy, dem Reitlehrer, wusste ich von keinem anderen Mann.

Ich konnte verstehen, dass sie sich nach einem Mann sehnte. Sie meinte es durchaus ernst, wenn sie sagte, Kinder bräuchten eben auch einen Vater und dass sie es auch unseretwegen wolle, dennoch hielt ich die Entscheidung für falsch.

Meine Schwester war derselben Meinung, und unsere Begeisterung hielt sich daher in Grenzen, als die Eltern uns ihren Entschluss, wieder zusammenleben zu wollen, mitteilten. Ich glaube sogar, meine Mutter war sich ihrer Sache nicht ganz sicher und es wäre ihr vielleicht lieber gewesen, Vater hätte uns wenigstens eine Zeit lang weiterhin nur besucht, als gleich ganz bei uns einzuziehen. Aber mein Vater war eben nicht dafür geschaffen, alleine zu leben. Er brauchte unbedingt eine Frau um sich, die ihn erwartete, wenn er nach Hause kam und ihn begleitete, wenn er ausging – eine Frau, die ihm gehörte und nur für ihn da war. Nichts war meinem Vater suspekter als alleine lebende Männer, von denen er behauptete, mit ihnen stimme etwas nicht. Was genau nicht stimmte, hat er vor uns Kindern nie gesagt, aber ich konnte mir denken, was er damit meinte.

Es war also vor allem mein Vater, der darauf drängte, unbedingt wieder bei uns einzuziehen. So gab er eines Tages seine Wohnung auf und kam mit seiner gesamten Habe zu uns. Das heißt, von einigen Möbelstücken musste er sich trennen, da in unserem Haus beim besten Willen kein Platz dafür vorhanden war.

Die ersten Wochen waren besonders für uns Kinder sehr ungewohnt und schwierig. Wir hatten mit unserer Mutter ein ziemlich lockeres Übereinkommen, was das Nachhausekommen und den Besuch von Freunden betraf. Zwar galt auch bei ihr die Regel, dass ich spätestens um zehn Uhr abends zu Hause sein musste und die Schule nicht unter häufigem Weggehen leiden durfte, aber wenn es mal eine Viertelstunde später wurde, machte sie deshalb keinen Aufstand. Freunde durften wir immer und so viele wir wollten mit nach Hause bringen – bis 22 Uhr, versteht sich. Die Freundinnen meiner Schwester mussten sich spätestens um acht verabschieden.

Doch als mein Vater wieder zu Hause war, galten andere Gesetze. Ich musste um zehn zu Hause sein, jede Minute darüber verursachte größten Ärger. Auch sollte ich höchstens drei Mal in der Woche abends weg sein, was kaum zu schaffen war, da ich bereits zwei Mal die Woche abends Basketballtraining hatte und somit kaum mehr Zeit blieb, mich mit Freunden zu treffen oder ins Kino zu gehen. Solange er nicht da war, konnten Freunde im Haus sein, aber sobald er heimkehrte, wünschte er, dass sie gingen. Das war zwar sicher in vielen Familien so, wie ich von meinen Freunden erfuhr, und hätte Vater immer bei uns gewohnt, hätten wir es nicht anders gewusst und es akzeptiert. So aber fiel es uns schrecklich schwer, uns in die neuen Regeln zu fügen. Meine Mutter versuchte wohl manchmal, Vater klarzumachen, dass wir uns erst wieder an ihn gewöhnen müssten und unser Leben während seiner Abwesenheit eben anders eingerichtet hätten, doch davon wollte er nichts hören. Er sagte, dann sei es eben höchste Zeit, dass wieder Ordnung einkehre.

»Ordnung, dass ich nicht lache!«, empörte sich meine Schwester. »Und mit seinen tausend Weibern, war das vielleicht Ordnung?« Ihr Verhältnis zu ihrem einst so heiß geliebten Papa hatte sich merklich abgekühlt, seit er wieder bei uns lebte.

Etwa zwei Monate, nachdem Vater wieder bei uns eingezogen war, beschlossen unsere Eltern, erneut zu heiraten. Meine Schwester und ich konnten es nicht fassen und wir sagten es auch frei heraus, dass wir diesen Schritt für überflüssig, ganz gewiss aber für verfrüht hielten. »Lebt doch einfach erst einmal so zusammen, heiraten könnt ihr doch immer noch«, schlugen wir ihnen vor. Doch die beiden wollten heiraten, und zwar so schnell wie möglich, da war nichts zu machen. Die Hochzeit fand im allerkleinsten Kreis statt und natürlich nur standesamtlich. Außer meinen Eltern und uns beiden kamen unsere Großeltern, die der Zeremonie ebenfalls mit großer Skepsis beiwohnten, und eine Schwester meiner Mutter mit ihrem Mann. Weder Vaters Bruder noch die zweite Schwester von Mutter waren anwesend, der Erste, weil er nicht eingeladen war, und die Zweite, weil sie das Ganze für eine Farce hielt, womit sie Recht hatte. Die Trauung war für zehn Uhr vormittags anberaumt, danach gingen wir in ein Restaurant, wo es eine Art Brunch gab, und schon um halb eins löste sich die Hochzeitsgesellschaft auf.

Beim Brunch fragte mich meine Oma, die Mutter meines Vaters, die ich übrigens sehr gerne mag, ob ich mich freute, dass die Eltern nun wieder zusammen seien und geheiratet hätten. Ich sagte ihr klipp und klar, ich sei zwar froh, dass sie nun nicht mehr dauernd streiten würden, aber über die erneute Heirat würde ich mich gar nicht freuen. »Überhaupt nicht!«, fügte ich mit grimmigem Gesicht hinzu.

Meine Oma, die mich ebenso gern hatte wie ich sie, klopfte mir auf die Schulter und meinte flüsternd: »Wenn es gar zu schlimm wird, kommst du einfach zu uns, okay?«

»Alles klar, Oma. Gut zu wissen, dass man jemanden hat, wo man hingehen kann.«

Wie wahr diese Worte einmal werden sollten, konnte ich in diesem Augenblick nicht ahnen – Gott sei Dank!

Fünf Monate lang ging alles einigermaßen gut. Nach und nach gewöhnten wir uns an Vaters Anwesenheit und manchmal, wenn die Eltern gemeinsam mit uns etwas unternahmen oder wenn Vater und ich uns zusammen im Fernsehen ein Fußballspiel anschauten oder er zum Basketball mitkam und mir beim Spielen zusah, mich anfeuerte und nachher sogar lobte, war es sogar sehr schön. Auch meine Schwester brachte unserem Vater wieder mehr Zuneigung entgegen. Er konnte sie schrecklich verlegen machen, wenn er in Begeisterungsrufe ausbrach, sobald sie den Raum in einem hübschen Kleid betrat oder ihre Haare besonders nett frisiert hatte. Dennoch freute sie sich über die Maßen über seine Komplimente und vergaß dann ihre Minderwertigkeitskomplexe, die dreizehnjährige Mädchen ständig und wegen allen möglichen Dingen zu haben scheinen.

Einmal hörte ich sie fragen: »Papa, sei mal ganz ehrlich, findest du mich wirklich hübsch?«

»Hübsch?«, fragte er mit einem lang gezogenen »ü« und einer lauten, begeisterten Stimme. »Hübsch? Du bist das schönste Mädchen der Welt, das wunderschönste Mädchen, und das meine ich wirklich und ehrlich.«

Hätte Mutter das Gleiche gesagt, so hätte meine Schwester es akzeptiert, sich ein bisschen gefreut, aber nicht weiter ernst genommen. Weil aber Vater es gesagt hatte, war es bedeutungsvoll, denn wenn ein Mann sie schön fand, so war das etwas ganz anderes. Und noch dazu war dieser Mann ihr Vater und er musste es wissen.

Wir fingen bereits an, Zukunftspläne zu schmieden, redeten darüber, was wir nach der Schule machen wollten. Ich wollte auf keinen Fall studieren. Ich sagte, ich sei froh, wenn ich das Abitur schaffe, aber dann müsse mit Schule Schluss sein, danach wolle ich einen Beruf erlernen. Mein Vater konnte das gut verstehen, obwohl für ihn damals nur ein Studium infrage gekommen war. Aber er akzeptierte meinen Standpunkt und meinte, er würde mich auf keinen Fall zu einem Studium drängen, wenn ich es selber nicht wünschte.

Meine Schwester hatte keine konkreten Pläne, sie wollte fast jeden Tag etwas anderes werden, einmal Tierärztin, einmal Rechtsanwältin und einmal Kinderärztin oder Grundschullehrerin. Letzteres natürlich wegen Marietta, an die wir uns immer noch erinnerten.

Weder meiner Schwester noch mir fiel auf, dass unsere Mutter oft ein sorgenvolles, missmutiges Gesicht machte oder manchmal sogar verweint aussah. Wir fielen daher aus allen Wolken, als wir unsere Eltern eines Abends, wir waren beide schon im Bett, laut miteinander streiten hörten. Wir schlichen aus unseren Zimmern und stellten uns auf die Treppe, um möglichst viel zu verstehen. Es ging um eine andere Frau. Vater warf unserer Mutter vor, dass sie ihm nachschnüffele, aber sie sagte, sie sei ganz zufällig und ohne etwas Böses zu denken darauf gestoßen, als sie nämlich seine Hose in die Reinigung geben wollte und darin eine Rechnung fand über ein Abendessen zu zweit. Danach sei sie ein wenig wachsam gewesen und habe eben bemerkt, dass er sie anlüge und schon einige Male mit dieser Frau zusammen gewesen sei. Sie sagte nicht, er solle seine Sachen packen und verschwinden. Vielmehr legte sie ihm das Versprechen in den Mund, die Sache zu beenden, denn dann könne sie die Angelegenheit vergessen und würde nicht mehr darüber sprechen. Sie hatte zu große Angst davor, wieder alleine mit uns dazustehen, gerade jetzt, wo wir beide in einem schwierigen Alter waren und nach ihrer Meinung unbedingt einen Vater brauchten. Und sie brauchte einen Ehemann.

Mein Vater gab wohl zu, mit dieser Frau, die er bei einer Messe kennengelernt habe, einige Male zusammen gewesen zu sein, versprach aber hoch und heilig, dass es damit vorbei sei und er längst mit ihr Schluss gemacht habe. Meine Mutter glaubte es, weil sie es glauben wollte, und einige Wochen lang war der Ehehimmel wieder wolkenlos.

Nicht lange danach kam Vater wieder abends häufig sehr spät nach Hause, und wenn er kam, war er mürrisch, schimpfte auf die Arbeit und auf die Geschäftsführer. Er hatte zwar einen leitenden Posten in einer großen Firma und verdiente ziemlich gut, aber zum Geschäftsführer war er bisher nicht aufgestiegen. Das schien ihn in letzter Zeit sehr zu ärgern, jedenfalls gab er immer Ärger in der Firma vor, wenn er so übellaunig nach Hause kam. Auch seine Wochenendfahrten häuften sich. Als er dann einmal nicht rechtzeitig von einer »Geschäftsreise« zurückkam – er hatte nämlich gesagt, er sei am Montag zurück, doch am Dienstagnachmittag hatten wir immer noch keine Nachricht von ihm –, machte meine Mutter sich Sorgen und rief im Büro an. Dabei erfuhr sie, dass die Geschäftsreise nur für zwei Tage vorgesehen war, nämlich Sonntag und Montag. Da mein Vater aber bereits am Freitagabend weggefahren und bis jetzt noch nicht zurück war, wurde klar, dass es wieder eine Frau in seinem Leben gab, vielleicht wieder eine, ohne die er nicht mehr leben konnte.

Ich habe meine Mutter noch nie so verzweifelt gesehen. Sie gab sich gar keine Mühe mehr, ihren Schmerz vor uns zu verbergen. Sie weinte hemmungslos und laut und schrie immer wieder: »Dieser Schuft, dieses miese Schwein! Und ich habe ihm vertraut.«

Meine Schwester und ich wollten sie beruhigen. Sicher finde sich eine Erklärung, vielleicht habe er Vorbereitungen für das Geschäftstreffen arrangieren müssen und sei deshalb schon so früh abgefahren, beschwichtigten wir. Doch wir wussten beide, dass das nicht stimmte. Als Vater schließlich am Dienstagabend gegen zehn Uhr eintraf, war er bester Laune, pfiff vor sich hin und tat ganz überrascht, als meine Mutter ihn mit dem konfrontierte, was sie erfahren hatte. Einen Moment war er verdutzt, dann fing er an zu schreien, dass sie ihn in seiner Firma unmöglich mache, vielleicht verliere er sogar seine Stelle ihretwegen, dann könne sie zusehen, wie sie ihren Lebensstandard aufrechterhalte, sie sei wirklich nicht mehr zu retten und was ihr überhaupt einfiele. Er dachte nicht daran, sich zu rechtfertigen. Er sei eben weg gewesen und basta!

Meine Mutter verschloss sich. Sie sprach nicht mehr darüber, hatte nur große Angst davor, dass er wieder weggehen könnte. Vater kam und ging, wie es ihm passte. Wir sahen ihn kaum noch und wir sprachen auch nicht mehr mit ihm, das heißt, er sprach nicht mehr mit uns, wir waren wieder unwichtig für ihn geworden. So ging das mehrere Wochen.

Und so kam es zu der Tragödie, die unsere Familie zerstörte. Der Auslöser war, wie Mutter uns später sagte, ein Telefongespräch, das sie mit anhörte. Vater sprach mit seiner Geliebten, er erklärte ihr, dass er dem Familienzauber bald ein Ende machen werde, er sei eben nicht zum Ehemann und Vater geboren. Vielleicht brauche er dafür aber auch nur die richtige Frau. Seine Gesprächspartnerin am Telefon hatte wohl gefragt, ob er glaube, dass sie die richtige Frau sei, denn mein Vater antwortete, das könne gut sein. Ja, er könne sich vorstellen, mit ihr endlich die richtige Frau gefunden zu haben. Dazu lachte er süffisant und schien sich sehr zu amüsieren. Er hatte sich nicht einmal versichert, dass die Tür zu seinem Zimmer geschlossen war, sie stand einen Spaltbreit offen, und meine Mutter konnte jedes Wort hören – es schien ihm egal zu sein.

Kein Mensch weiß, was in meiner Mutter genau vorging, sie konnte es uns auch später nicht erklären. Sie sagte nur: »Es war wie ein Zwang. Ich musste es einfach tun, ich konnte nicht anders.«

Sie ging hinunter in die Küche, holte ein großes, scharfes Küchenmesser, ging langsam, aber nicht besonders leise die Treppe hinauf und stand plötzlich hinter ihm. Er telefonierte noch immer und saß auf seinem Drehstuhl mit dem Rücken zur Tür. Er hatte wohl gerade wieder etwas sehr Witziges zu seiner Freundin gesagt, denn er musste furchtbar lachen. Da stieß sie ihm ohne zu zögern das Messer in den Rücken. Vater gab einen seltsam gurgelnden Laut von sich und drehte sich überrascht zu ihr um. Sie zog das Messer aus seinem Rücken und wollte es ihm in die Brust stoßen, doch er wehrte sie mit seinen Händen ab. Es sah aus, als wolle er sich auf sie stürzen, aber der Stich in den Rücken hatte ihn wohl schon zu sehr geschwächt. Er sah Mutter mit großen Augen an, überall drang Blut aus seinem Körper, sogar aus seinem Mund. Er fragte noch: »Warum tust du das? Du machst uns alle unglücklich.«

Sie antwortete ihm – aber das hörte er wohl schon nicht mehr: »Du bist es doch, der uns alle unglücklich macht, du allein, du menschenverachtendes, egoistisches Schwein!«

Sie hörte ein Schreien aus dem Telefonhörer, immer wieder wurde der Name meines Vaters gerufen, und legte einfach den Hörer auf. Seine Augen wurden immer größer, sein Gesicht verzerrte sich und dann sank er in sich zusammen und fiel vornüber vom Stuhl auf sein Gesicht. Meine Mutter ließ ihn einfach liegen. Sie ging in ein anderes Zimmer und rief von dort aus die Polizei an. Als der Beamte den Namen und die Adresse hörte, sagte er, dass gerade eben eine Frau angerufen und bereits gemeldet habe, dass bei uns etwas passiert sein müsse.

»Ja, ja«, sagte meine Mutter, »das kann schon sein. Bitte kommen Sie schnell und bringen Sie einen Arzt mit.«

Das Unheil geschah an einem Abend gegen neun Uhr. Meine Schwester war bereits zu Bett gegangen und hatte deshalb von der Sache nichts mitbekommen. Als ich kurz vor zehn vom Basketballtraining nach Hause kam, wimmelte es nur so von Polizisten. Meine Schwester war erst wach geworden, als diese ins Haus kamen und Lärm machten. Sie kam aus ihrem Zimmer und hörte, wie meine Mutter den schrecklichen Vorfall schilderte. Sie verstand nichts, konnte es nicht fassen und wollte in das Arbeitszimmer meines Vaters, um zu sehen, was passiert war. Doch man ließ sie nicht eintreten und auch ich durfte nicht hinein. Ich wusste ja zunächst noch gar nicht, was passiert war, bis mich ein Polizist beiseite nahm und sagte, es sähe so aus, als habe Mutter meinen Vater erstochen. Ich ging zu ihr in die Küche. Sie saß zusammengesunken auf einem Stuhl und wiederholte immer nur: »Ach Junge, ach Junge, was habe ich nur getan! Hätte ich ihn doch laufen lassen, einfach laufen lassen, und ihn nie wiedergesehen.« Das wiederholte sie am laufenden Band.

Ich heulte Rotz und Wasser. Meine Schwester saß neben mir auf der Treppe und biss auf die Knöchel ihrer Finger.

»Wir hätten uns damals wehren sollen, als er wieder zurückkam«, sagte ich weinend. »Wir wollten es beide nicht, meine Schwester nicht und ich auch nicht. Wir wussten, dass es nicht lange gut gehen würde. Er war einfach der geborene Ehebrecher, er konnte nicht anders.«

Ein Mann, der erst nach mir ins Haus gekommen war, stellte sich vor als Polizeipsychologe. Er legte seine Arme um uns beide und forderte uns auf, alles zu sagen, was uns in den Sinn kam. Er versprach, nichts zu notieren, aber es würde uns erleichtern, wenn wir unserem Herzen Luft machen könnten. So redeten wir drauflos, erzählten durcheinander und nacheinander, dass unsere Eltern schon einmal geschieden und fünf Jahre getrennt gewesen seien, dass es eine Weile gut gegangen, aber in der letzten Zeit immer schlimmer geworden sei. Wir wussten zu diesem Zeitpunkt ja noch nicht, was sich genau zugetragen hatte, das erfuhren wir erst später von unserer Mutter selbst. Es gab nur einen Gedanken, der ständig in meinem Kopf war und mich quälte, und dann hielt ich es nicht mehr aus und fragte den Polizeipsychologen: »Muss meine Mutter nun ins Gefängnis?«

Er zuckte mit den Schultern. Sie sei geständig und es bestünde weder Wiederholungs- noch Fluchtgefahr, sie habe im Affekt gehandelt. »Vielleicht muss sie nicht gleich ins Gefängnis.«
»Aber später?«, fragte ich. »Später bestimmt?«
Er zuckte wieder mit den Schultern. »Vielleicht wird sie wegen Totschlags verurteilt.«
Ich hatte einmal in einem Film gehört, dass man für Totschlag zwischen drei und fünfzehn Jahren Gefängnis erhalten kann. Drei Jahre, dachte ich, das könnten wir vielleicht aushalten, aber länger ...?
Der Psychologe machte uns Hoffnung: »Da sie Kinder hat, könnte die Strafe zur Bewährung ausgesetzt werden. Aber nehmt mich nicht beim Wort, wenn es anders kommt. Es ist nur eine vage Aussicht, sonst nichts.«
Eine Hoffnung war auch schon etwas, jedenfalls fürs Erste. Später, wenn wir begriffen haben würden, was wirklich geschehen war, würden wir es vielleicht verkraften können, doch im Moment klammerten wir uns an diese Hoffnung. Dass Vater tot und blutüberströmt oben in seinem Arbeitszimmer lag, wollte uns noch nicht in den Kopf. Als sie mit dem grässlichen Blechsarg kamen, führte man uns Kinder ins Wohnzimmer und schloss die Tür. Wir sollten nicht sehen, wie sie unseren Vater davontrugen. Wir wollten es auch nicht sehen und wir wollten auch ihn nicht mehr sehen. Warum nur war er zurückgekehrt? Er wusste doch, dass er niemals für längere Zeit treu sein konnte und er wusste auch, dass meine Mutter das nicht ertragen konnte. Warum also war er zurückgekehrt? Vielleicht hatte er wirklich gedacht, dass sie es dieses Mal schaffen könnten, vielleicht wollte er ja wirklich treu sein ... vielleicht.

Meine Mutter bat darum, ins Polizeipräsidium mitgenommen zu werden. Sie wollte die Nacht nicht zu Hause verbringen. Wir Kinder sollten vorläufig zu den Großeltern gehen. Wir wurden gefragt, zu welchen Großeltern wir gehen wollten. Ich sagte, wir wollten zu Oma, und meine Schwester, die eigentlich mehr zu den Eltern meiner Mutter neigte, die wir Rieder

Opa und Oma nannten, war einverstanden. Und so wurden unsere Großeltern väterlicherseits angerufen. Erst nachdem sie den Entsetzensschrei meiner Großmutter am Telefon hörten, wurde den Polizisten klar, dass sie ja die Mutter unseres Vaters war und sie ihren Sohn verloren hatte. Sie fragten, ob sie es denn verkraften könne, wenn die Kinder zu ihr gebracht würden. Sie meinte, dass es schon gehen werde, und als man vorschlug, uns doch lieber zu den anderen Großeltern zu bringen, verlangte sie streng, wir sollten zu ihr kommen.

Unsere Mutter umarmte uns. Sie sagte, wir sollten tapfer sein und es tue ihr sehr leid, aber es sei nun einmal geschehen. Ich wusste damals nicht, was ich denken sollte, wusste nicht einmal, was ich fühlte. Trauer über den Tod von Vater? Schmerz, weil meine Mutter ins Gefängnis musste und nicht bei uns sein konnte? Ich hatte keine Ahnung.

Heute, nach fast drei Jahren, haben wir unserer Mutter vergeben. Natürlich hätte sie nicht so handeln dürfen. Man tötet nicht einfach einen Menschen, nur weil einem nicht passt, was er tut. Und ich bin sicher, wenn sie könnte, würde sie es ungeschehen machen. Wäre sie doch hinausgelaufen, nachdem sie das Gespräch belauscht hatte, einfach weggelaufen, drei Mal um den Block herum, das hätte schon viel gebracht. Und dann hätte sie ihn endgültig rauswerfen sollen, hinaus in die Kälte, und ihn nie wieder ins Haus lassen. Aber nun ist es geschehen, und wir müssen damit leben – alle drei.

Bis zu ihrem Prozess hätte meine Mutter auf freiem Fuß sein können. Sie bestand jedoch darauf, in Untersuchungshaft zu kommen. Sie hoffte, dass man die Untersuchungshaft auf die Strafe anrechnen würde. Außerdem war sie der Meinung, dass es auch für uns besser sei, wenn wir bis zur Urteilsverkündung nicht miteinander leben würden. Davon abgesehen hätte sie auch gar nicht gewusst, wo sie mit uns hätte wohnen sollen, denn in unser Haus, in der die Tat geschehen war und wo alle Nachbarn uns kannten, wollte sie auf keinen Fall zurück. So räumten wir zusammen mit unseren Großeltern die persönlichsten Dinge aus dem Gebäude und vermieteten es möbliert – seltsamerweise an einen Ingenieur aus dem Ausland, der in derselben Firma arbeitete, in der auch mein Vater beschäftigt gewesen war.

Da das Schuljahr noch nicht lange begonnen hatte, wurden wir Kinder innerhalb von Tagen in Internaten untergebracht, jeder in einem anderen. Wir sollten so wenig wie möglich mit den Schulkameraden aus unserer Wohngegend in Kontakt kommen müssen, weil man uns ständig Fragen gestellt hätte und wir sicher nie zur Ruhe gekommen wären. Der Aufenthalt im Internat wurde mit der Miete für das Haus und einer späteren Waisenrente bezahlt, denn obwohl mein Vater viel Geld verdient hatte, waren größere Ersparnisse durch seinen aufwendigen Lebensstil nicht vorhanden. Aber zuerst einmal mussten wir den Prozess abwarten, ehe wir für die Zukunft planen konnten.

Meine Mutter wurde zu sechs Jahren Haft verurteilt, wovon sie drei Jahre im Gefängnis bleiben musste, drei Jahre wurden zur Bewährung ausgesetzt. Da sie einen Teil der Strafe bereits in Untersuchungshaft abgesessen hatte, kam sie nach etwas mehr als zwei Jahren wieder frei. Während Mutter im Gefängnis war, durften wir sie jedes zweite Wochenende besuchen. Unsere Großeltern wechselten sich ab, einmal brachten uns Oma und Opa hin, einmal unsere Rieder Großeltern. Oma und Opa gingen selten mit in das Gebäude, um meine Mutter zu sehen. Meist warteten sie im Auto auf uns oder im Sommer, wenn es schön war, auf einer Bank im Freien. Die Rieder Großeltern begleiteten uns hinein, und die Rieder Oma konnte sich selbst nicht daran hindern, bei jedem Besuch zu ihrer Tochter zu sagen: »Kind, wie konntest du nur, wie konntest du nur?«

Die ersten Male antwortete meine Mutter noch, jedes Mal etwas anderes, dann überging sie die Frage, als ob sie gar nicht gestellt worden wäre. Meine Schwester und ich wussten nie so richtig, was wir mit Mutter reden sollten. Meist beobachteten wir lieber andere Besucher und Kinder sowie deren Mütter und fragten uns, was die wohl getan hatten, um im Gefängnis zu sein. Mutter fragte ebenfalls immer dasselbe: »Wie geht es in der Schule? Gefällt es euch im Internat? Kommt ihr gut mit im Unterricht?«

Wir beantworteten die Fragen mit »Gut« oder mit »Ja«, was nicht einmal gelogen war. Unsere Mutter fehlte uns und fast bei jedem Abschied gab es Tränen auf beiden Seiten. Dennoch waren wir jedes Mal auch froh, wenn wir wieder gehen und uns anderen Dingen zuwenden konnten.

Die Ferien verbrachten wir bei unseren Großeltern, wobei ich meistens bei Oma und Opa war und meine Schwester bei den Rieder Großeltern. Nur selten waren wir gemeinsam bei einem Großelternpaar und dann nur ein paar Tage. Man sorgte stets dafür, dass wir beschäftigt und nicht sehr oft uns selbst überlassen waren. Einmal durfte ich in den großen Ferien für vier Wochen nach England in ein Feriencamp, um mein Englisch zu verbessern. Lena wurde im selben Jahr ganz überraschend von ihrer französischen Brieffreundin nach Frankreich eingeladen und durfte drei Wochen in der Bretagne verbringen. Sie hatte die Brieffreundschaft erst begonnen, als sie bereits im Internat war, und angegeben, ihre Eltern seien geschieden und ihre Mutter müsse den ganzen Tag arbeiten. Sie hoffte, dass sie die Gegeneinladung an ihre Brieffreundin so lange aufschieben konnte, bis Mutter wieder in Freiheit war.

Als es nicht mehr lange hin war bis zu ihrer Entlassung, stellte uns Mutter neben den üblichen, gewohnten Fragen eine andere: »Freut ihr euch, wenn wir wieder zusammen sind?«

Lena und ich antworteten zwar immer mit Ja, aber ganz sicher waren wir uns nicht. Da wir nicht im selben Internat untergebracht waren und uns nur bei den Großeltern sahen, mussten wir unsere Unterhaltungen immer auf das Wochenende vertagen. Und auch dann war es nicht jedes Mal möglich, ungestört miteinander zu sprechen, da wir selten alleine waren und vor den Großeltern so vertrauliche Dinge nicht diskutieren wollten. So mussten wir nach dem Besuch bei Mutter erst einen geeigneten Zeitpunkt abwarten, bis wir uns darüber unterhalten konnten. Meine Schwester war wieder diejenige, die mich spontan fragte: »Freust du dich wirklich, wenn wir wieder mit Mama zusammenleben?«

»Einesteils freue ich mich, andernteils habe ich aber auch Angst davor«, erwiderte ich.

Meine Schwester meinte, ihr gehe es genauso, aber sie hoffe, dass bis zu Mamas Entlassung die Freude überwiegen werde. Wir waren uns allerdings einig, dass wir Mama auf ihre Frage, die sie uns von nun an sicher bei jedem Besuch stellen würde, stets mit Ja antworten würden. Es war seltsam: Ohne es zugeben zu wollen, waren wir beide froh darüber, dass nicht die gesamte Strafe zur Bewährung ausgesetzt worden war. Denn dies hätte bedeutet, dass wir gleich nach der Urteilsverkündung sechs Monate nach der Tat wieder mit Mutter hätten zusammenleben müssen. Ich glaube, das hätten wir beide nicht gekonnt – und Mama auch nicht. Nun war es eher so, als habe unsere Mutter durch den Aufenthalt im Gefängnis für ihre Tat gebüßt und uns die Zeit gelassen, ihr zu vergeben. Ich bin sicher, so haben wir alle empfunden.

Zwei Jahre und drei Monate nach der Urteilsverkündung wurde Mutter aus dem Gefängnis entlassen, mehr als sechs Monate Untersuchungshaft wurden ihr dabei angerechnet. Ihre Freilassung erfolgte an einem ungewöhnlich heißen Tag im August, die Ferien hatten gerade begonnen. So mussten wir keinen Vorwand erfinden, um von der Schule fern zu bleiben, denn selbstverständlich wollten wir dabei sein, wenn unsere Mutter aus dem Gefängnis kam. Wir warteten schon vor dem Gefängnistor, als sie kurz nach zehn Uhr heraustrat. Sie trug ein Kostüm, das für den heißen Tag viel zu warm war und seltsam altmodisch wirkte. Es sah aus, als habe sie abgenommen, denn die Kleidung schlotterte an ihr. Sie war auffallend blass und als sie uns sah, füllten sich ihre Augen augenblicklich mit Tränen. Alle waren da: natürlich meine Schwester und ich, Oma und Opa, die Rieder Großeltern, beide Schwestern meiner Mutter und ein Schwager und sogar der Bruder meines Vaters, was uns alle überraschte. Wir standen in einer Art Halbkreis und als meine Mutter heraustrat, fasste sie jemand an der Hand und zog sie in unsere Mitte. Wir bildeten nun einen geschlossenen Kreis und jeder drückte sie. Alle weinten und alle sagten denselben Satz, der in etwa lautete: »Es wird schon werden, es wird schon weitergehen.«

Eine meiner Tanten hatte ganz praktisch gedacht und ein nagelneues Kleid mitgebracht. Sie hatte es auf gut Glück zwei Nummern kleiner gekauft und es passte wie angegossen. Meine Mutter zog sich schnell in einem der Autos um, wir stellten uns darum herum, damit niemand hineinsehen konnte. Jemand reichte ihr auch Make-up, Rouge und Wimperntusche, und als sie aus dem Auto stieg, war sie eine andere.

»So«, sagte ihre Schwester, »nun siehst du aus wie ein neuer Mensch. Jetzt gehen wir essen, wir haben einen Tisch bestellt.«

Wir fuhren zu einem hübschen Landgasthof, wo ein Tisch für uns reserviert war. Dort wurde gegessen und getrunken, und eine natürliche Röte überdeckte bald das Rouge auf den Wangen meiner Mutter. Abwechselnd weinte und lachte sie, und als draußen beim Verabschieden Oma, schon an der Autotüre stehend, auf Mutter zutrat, sie an den Schultern nahm und unter Tränen sagte: »Du hast mir meinen Sohn genommen, das ist schlimm, und ich glaube, ich kann es dir nie verzeihen, aber … irgendwie verstehen kann ich dich trotzdem«, da brachen alle Dämme. Sie nahm meine Mutter ganz fest in die Arme und drückte sie.

Nun musste Mama fürchterlich weinen und sie sagte immer wieder: »Es tut mir ja so leid, so schrecklich leid!«

Bereits beim Essen war besprochen worden, wie man weiter vorgehen wollte. Für meine Mutter war auf ihren Wunsch hin in einer benachbarten Stadt eine kleine Wohnung gemietet worden. Von dort aus sollte sie zunächst ihren weiteren Lebensweg gestalten. Wir Kinder würden fürs Erste bei den Großeltern bleiben. Sobald Mutter eine Stelle gefunden hatte und wusste, wo wir endgültig wohnen würden, wollten wir zu ihr ziehen. Sie fuhr also geradewegs zu ihrer neuen Unterkunft. Ihre Kleider und persönlichen Sachen waren bereits von meiner Tante dorthin gebracht worden. Dieses Mal war der Abschied nicht schmerzlich, wir wussten ja, dass wir unsere Mutter jederzeit besuchen konnten und hoffentlich recht bald wir wieder ganz zusammen sein würden.

Es ging dann alles sehr schnell. Noch ehe die großen Ferien zu Ende waren, hatten wir unser Haus verkauft. Der Mietvertrag mit dem ausländischen Ingenieur, an den wir das Haus nach der Tat möbliert vermietet hatten, war ohnehin einen Monat vorher abgelaufen. Der neue Hausbesitzer erlaubte uns, die Möbel noch eine Weile im Haus zu lassen, bis wir eine neue Bleibe gefunden hatten. Wir haben uns für ein Haus mit einem kleinen Garten in einer Stadt entschieden, die nicht allzu weit von unserer Heimatstadt entfernt liegt, etwa zwei Stunden mit dem Auto. Niemand hier weiß etwas von uns, niemand kennt unsere Geschichte. In den Polizeiberichten und in der Zeitung wurde stets nur der Anfangsbuchstabe unseres Familiennamens angegeben, nie unser voller Name. Und wenn wirklich einmal ein Foto von meiner Mutter in einer Zeitung erschienen war, so haben die Leute es inzwischen vergessen.

Ich hoffe, dass bis zum Ende unserer Schulzeit nichts durchsickert. Danach werden wir sowieso in eine andere Stadt gehen, meine Schwester um zu studieren, ich um eine Ausbildung anzufangen. Ich habe mich entschlossen, Buchhalter zu werden. Zahlen haben mich schon immer interessiert und später möchte ich es bis zum Bilanzbuchhalter bringen, damit verdient man auch ganz gutes Geld. Meine Schwester will Juristin werden und später als Rechtsanwältin arbeiten. Lieber wäre sie Grundschullehrerin geworden, wegen Marietta, aber sie hat Angst, es könnte doch einmal herauskommen, was ihre Mutter getan hat, und dann würden die Eltern nicht mehr wollen, dass sie ihre Kinder unterrichtet. Damit könnte sie Recht haben und es ist besser, sie wird Anwältin.

Unsere Mutter hat wieder eine Anstellung in einer Bibliothek. Ich glaube, ihr Chef weiß Bescheid über sie, doch er hat gelobt, Stillschweigen zu bewahren. Er ist ein netter, ruhiger Mann und er mag meine Mutter. Seit einem Jahr ist er Witwer. Ich wünsche ihr von Herzen, dass sie noch einmal richtig glücklich wird, sie hätte es verdient, trotz allem.

Seit ein paar Monaten habe ich eine Freundin, meine erste richtige Freundin. Früher, das war nur ein bisschen Knutschen und so. Dieses Mal ist es etwas Richtiges, wahre Liebe. Ich wollte damit auch warten, bis ich achtzehn bin, das war so ein Spleen von mir. Sie heißt Katharina, die meisten nennen sie Katja, ich aber habe sie gefragt, ob ich sie Marietta nennen darf.

Sie hat gelacht, als sie den Namen hörte. »Marietta, warum denn das?«

Ich konnte und wollte ihr keine genaue Antwort geben, ich sagte: »Einfach nur so, weil mir der Name so gut gefällt.«

Katharina war einverstanden und nun nenne ich sie Marietta. Falls ihr das auf Dauer nicht gefällt, werde ich auf jeden Fall meine Tochter einmal so nennen, falls ich je eine haben werde. Katharina/Marietta weiß nichts über meine Mutter. Ich habe ihr erzählt, dass mein Vater vor ein paar Jahren bei einem Autounfall gestorben sei. Als sie mich einmal ausfragen wollte, habe ich gesagt, dass ich nicht darüber sprechen möchte. Vielleicht später mal.

Ich bin noch zu jung, um jetzt schon sagen zu können, ob wir beide einmal heiraten wollen. Falls ja, werde ich ihr die Wahrheit sagen müssen. Keine Ahnung, wie sie dann reagieren wird. Es geht ja auch nicht nur um sie, ihre Eltern und ihre Geschwister müssen es dann schließlich ebenfalls erfahren. Was werden diese wohl sagen, wenn sie jemanden heiraten will, dessen Mutter den Vater umgebracht hat? Das wird wohl noch lange ein Problem bleiben für mich und auch für Lena. Aber es zu verschweigen fände ich auch nicht richtig. Was, wenn es dann irgendwie rauskommt? Nein, gesagt werden muss es, egal was daraus wird!

Vierunddreißig

Anna hatte ein ungutes Gefühl, als sie das Studio verließ und in ihren Wagen stieg. Gleich nach dem Ende der Aufzeichnung, als sie sich von der Moderatorin verabschiedet hatte, war sie sich immer wieder nervös durch die Haare gefahren und man hatte gespürt, dass sie nicht bei der Sache war. Ob das alles richtig war, was sie da gesagt hatte? Hatte es nicht zu überheblich geklungen, zu selbstherrlich? An der Ausgangstür hatte ihr noch jemand eine Kassette in die Hand gedrückt, damit sie sich zu Hause alles nochmals in Ruhe ansehen konnte. Gott sei Dank war es keine Livesendung gewesen, man konnte vielleicht noch das eine oder andere herausschneiden, ehe es ausgestrahlt wurde. Warum war sie nur zu dieser Sendung gegangen? Sie hätte das gar nicht nötig gehabt. Sie war eine gut bezahlte, gefragte Redakteurin, und sollte sie sich von ihrem Sender einmal trennen wollen, wusste sie einige andere Anstalten, die sie gerne aufnehmen würden. Werbung für ihre eigene Person musste sie also weiß Gott nicht machen.

Tief in Gedanken ging sie zu ihrem Auto, dessen Fenster stark beschlagen waren. Sie schaltete daher zuerst die Scheibenwischer ein, um klare Sicht zu bekommen, legte dann den Gurt an und steuerte den Wagen langsam auf die Fahrbahn, nicht ohne genau nach rechts und links zu schauen, ob die Straße frei war. Es war elf Uhr an einem kalten Oktoberabend und zumindest in dieser Gegend waren kaum Fahrzeuge unterwegs. Es musste geregnet haben, während sie im Studio war, denn die Straße war nass. In einer halben Stunde würde sie zu Hause sein. Um diese Zeit konnte man zügig fahren und die zwanzig Kilometer vom Fernsehstudio bis zu ihrem Haus waren in dieser Zeit zu schaffen. Sie dachte an die Kinder und ein glückliches Lächeln lag auf ihrem Gesicht. Für einen Augenblick vergaß sie die Aufzeichnung. Joachim war an diesem Abend zu Hause, um auf die Kinder aufzupassen. Es geschah selten genug, dass er sich freimachen konnte, denn fast jeden Abend musste er zu einer Sitzung oder irgendeiner Einladung Folge leisten. Die Kinder genossen es, ihren Vater für sich zu haben. Sie liebten ihn über alles und im Geiste sah sie die Kleinen vor sich, wie sie nach dem Abendessen mit ihm zusammen auf dem Bett saßen, miteinander redeten oder sich von ihrem Vater vorlesen ließen. Benjamin war zwar schon neun und konnte längst selber lesen, dennoch liebte er es, dem Vater zuzuhören. Joachim war ein guter Vorleser, er gab jedem Charakter eine eigene Stimme, einmal hoch, einmal tief, gurrend, schnaufend … und die Kinder konnten herzlich lachen, wenn er es damit übertrieb.

Die Sendung hieß »Vierunddreißig«. Sie befasste sich mit Personen, die mit vierunddreißig Jahren bereits Besonderes geleistet hatten oder deren Lebensweg außergewöhnlich erfolgreich verlaufen war. Als sie gefragt worden war, ob sie zu einem Interview im Rahmen dieser Sendung bereit sei, hatte sie natürlich sofort mit Joachim gesprochen. Sie hatten hin und her überlegt, besonders im Hinblick auf seine exponierte Stellung als Politiker, aber auch im Hinblick auf sie selbst und nicht zuletzt auf die Kinder. Sagte sie etwas Dummes, so könnte es möglicherweise den Kindern in der Schule schaden oder sie könnten von Mitschülern gehänselt werden.

»Andererseits«, hatte Joachim gesagt, »gehörst du ja nun wirklich zu den Menschen, die mit vierunddreißig bereits Besonderes geleistet haben. Ohne Verzögerung zwei juristische Staatsexamen – auch noch gut – zu bestehen, den Doktor zu machen und nebenbei zwischen Examen und Doktorarbeit zwei Kinder zur Welt zu bringen und sie großzuziehen, das ist doch wirklich etwas Besonderes!«

»Und zu heiraten, den Mann zwölf Jahre zu behalten und bis heute mit ihm glücklich zu sein, das ist auch sehr besonders«, hatte sie geantwortet.

»Ich weiß nicht«, hatte Joachim gelächelt, »aber wenn du meinst.«

Schließlich waren sie übereingekommen, dass es niemandem schaden könne, wenn sie das Interview machte. Nun war es vorbei, das Gespräch aufgezeichnet, am kommenden Sonntag würde es gesendet werden.

Als sie den Stadtrand verlassen hatte und auf der menschenleeren Landstraße dem Vorort, in dem sie ihr Haus gebaut hatten, entgegenfuhr, entspannte sie sich. Warum hatte sie in letzter Zeit nur immer diese Angst? Angst, es könnte etwas passieren, etwas könnte alles zerstören. Vielleicht, weil bisher alles so gut gegangen war, weil sie so unsagbar viel Glück gehabt hatte? Sie hoffte zwar, dass das Glück sie auch weiterhin begleiten würde, aber sie wusste auch, dass es dafür keine Garantie gab. Doch das allein konnte es nicht sein, schließlich hatte sie dieses Angstgefühl früher nicht gekannt. Damals, als sie, kurz nachdem sie sich für ihr erstes Examen angemeldet hatte, feststellen musste, dass sie schwanger war. Trotzdem hatte sie keine Angst gehabt. Und heute, da alles so schön und reibungslos lief, sie beide beruflich immer erfolgreicher wurden, ihre Kinder gesund waren und sich prächtig entwickelten, heute litt sie ständig unter dieser irrationalen Angst. Niemand wusste davon, nicht einmal Joachim, auch nicht ihre beste Freundin oder ihre Mutter.

Das Haus lag im Dunkeln, aus keinem der Zimmer drang mehr ein Lichtschein. Behutsam fuhr sie den Wagen in die Garage, schloss die Autotür so leise wie möglich, um ja niemanden aufzuwecken. Die Luft roch sauber und frisch nach dem kurzen Regen, aber es war kalt. Sie fröstelte. Anna zog ihren Mantel über der Brust fester zusammen und ging mit hochgezogenen Schultern zum Haus. Ohne ein Geräusch öffnete und schloss sie die Haustür und lauschte eine Weile, ob sich etwas regte. Aber alles blieb still. Sie war ein wenig enttäuscht, eigentlich hatte sie gehofft, dass Joachim auf sie warten würde, schließlich war sie sofort nach der Sendung nach Hause gefahren. Er wusste doch, wann sie zurückkom-

men würde. Vielleicht war er sehr müde gewesen und eingeschlafen. Sie machte die Stehlampe im Wohnzimmer an und
ging im Haus herum. Im ersten Stock schaute sie nach den
Kindern, beide lagen in ihren Betten und schliefen fest. Auch
Joachim lag im Bett und schien ebenfalls tief zu schlafen. Sie
ging wieder hinunter und machte sich eine Tasse heiße Scho-
kolade, dann legte sie die Kassette ein.

Sie fand, dass sie blass aussah, trotz der Schminke, die man
ihr ins Gesicht geschmiert hatte, und ihre Haare hätte man
auch vorteilhafter frisieren können. Die Moderatorin saß ihr
gegenüber und lächelte sie freundlich und aufmunternd an.

»Frau Behrends«, begann sie, »ich freue mich, dass Sie unserer Einladung gefolgt sind und wir Sie heute bei uns im
Studio begrüßen dürfen als Gast unserer Sendung ›Vierunddreißig‹. Schönen guten Abend und herzlich willkommen.«

Anna nickte freundlich zurück und sagte, dass sie sich
ebenso freue, Gast in der Sendung zu sein. Die Moderatorin
erklärte den Zuschauern wie vor jeder Folge, worum es bei
»Vierunddreißig« ging, und kam dann ohne Verzögerung zur
Sache.

»Frau Behrends, Sie sind in der Tat vierunddreißig Jahre alt,
um genau zu sein, vor einigen Monaten geworden, und haben
bereits Großartiges, Außergewöhnliches geleistet. Würden Sie
sagen, dass Sie Glück hatten oder eher, dass das Glück auf der
Seite der Tüchtigen ist und Sie Ihren Erfolg eben Ihrem Fleiß
und Ihrer Tüchtigkeit verdanken und er wenig mit Glück zu
tun hat?«

Anna erinnerte sich, dass ihre Angst und ihre Bedenken,
sie könne etwas Falsches, Unbedachtes sagen, nach dieser ersten Frage deutlich nachgelassen hatten. Man sah ihr die Er-
leichterung auch an, zumindest empfand sie das so, als sie den
Film betrachtete. Sie antwortete, dass beides der Fall sei. Sie
habe sowohl Glück, ja sogar sehr viel Glück gehabt, sei aber
auch immens fleißig gewesen und habe immer ein klares Ziel
vor Augen gehabt, nämlich ihr Studium in kürzester Zeit und
möglichst gut zu schaffen.

Sie wurde gefragt, ob sie sich hätte vorstellen können, ein anderes Studium ebenso erfolgreich hinter sich zu bringen, und sie hatte geantwortet, ja, das wäre gut möglich. Anna hielt das Band an. Schon über ihre zweite Antwort ärgerte sie sich. Das klang ja reichlich überheblich. Aber als sie es gesagt hatte, war sie davon überzeugt gewesen. Sie hätte so ziemlich jedes Studium, mit Ausnahme eines naturwissenschaftlichen Faches wie etwa Physik, Mathematik oder Medizin, genauso gut abschließen können. Die Moderatorin lächelte über Annas Antwort und hinter ihrem Lächeln lag der unausgesprochene Satz: »Ganz schön von sich überzeugt, die Gute!«

Das Gespräch ging weiter und Anna berichtete über ihren Werdegang. Mit neunzehn hatte sie ganz normal ihr Abitur gemacht. Sprachen lagen ihr mehr, die naturwissenschaftlichen Fächer weniger. Sie war keine überragende Schülerin gewesen, aber immer guter Durchschnitt, in Versetzungsgefahr war sie nie gekommen. Sie hatte ein Mädchengymnasium besucht und war stets gerne in die Schule gegangen, geschwänzt hatte sie selten. Nach dem Abitur wusste sie zwar, dass sie studieren wollte, aber noch nicht was. Ihre Mutter hätte es gerne gesehen, wenn sie Lehrerin geworden wäre, vielleicht für Latein und Französisch, doch Anna fühlte sich für diesen Beruf nicht geeignet. Da sie weg wollte von zu Hause, beschloss sie, sich an einer Universität in einer kleineren Stadt einzuschreiben und dort internationales Recht zu studieren. Bis zum vierten Semester bestand sie alle Scheine, die es zu erwerben galt, und absolvierte erfolgreich die vorgeschriebenen Kurse über die juristische Terminologie in Englisch und Französisch. Danach fand sie, vier Semester in der deutschen Provinz seien genug und schrieb sich für ein Jahr an einer französischen Universität ein. Bis dahin war an ihrem Weg nichts Außergewöhnliches, Hunderte andere Studenten machten die gleiche Ausbildung und waren genauso erfolgreich wie sie. In Frankreich begann sich dann abzuzeichnen, dass sie möglicherweise begabter war als andere Studenten, und zwar sowohl in Bezug auf die Sprache als auch auf das juristische Sachverständnis.

Sie hatte sich bemüht, dies im Interview nicht so offen zu

sagen, denn sie wollte in keiner Weise selbstgefällig oder eingebildet erscheinen. So erklärte sie zum Beispiel, sie habe bereits in den ersten Semestern ihres Studiums gewusst, dass sie nie einen typischen juristischen Beruf ausüben wolle. Sie strebte nicht danach, Richterin oder Staatsanwältin zu werden, und auch Rechtsanwältin kam alleine schon durch das abschreckende Beispiel ihres Vaters nicht in Betracht. In ein Ministerium oder in den Staatsdienst wollte sie schon gar nicht. Dennoch hatte das juristische Studium sie von Anfang an fasziniert und sie wusste nach zwei Semestern ganz sicher, dass sie dabei bleiben würde. Dieser Teil des Interviews gefiel Anna, sie fand, dass sie sich wacker geschlagen hatte und ihre Aussagen nicht arrogant klangen.

Ihr Ehrgeiz erwachte erst, als sie aus Frankreich zurückkam und sich an der juristischen Fakultät ihrer Heimatstadt einschrieb. Denn schon in der ersten Vorlesung war sie Joachim begegnet und hatte sich augenblicklich unsterblich in ihn verliebt. Der Gedanke, ihn zu heiraten, war vom ersten Tag an in ihrem Kopf.

»Ja«, lachte sie und warf den Kopf in den Nacken, »und hier war nun wirklich das Glück im Spiel. Denn was hätte es mir genützt, Joachim heiraten zu wollen, wenn er sich nicht gleichfalls in mich verliebt hätte und ähnlich gedacht hätte wie ich? Jedenfalls hat er mir einmal gesagt, dass er genauso denkt und fühlt«, fügte sie nach einer kleinen Pause hinzu.

Joachim war geradezu besessen von der Juristerei und sehr ehrgeizig. Für ihn war klar, dass er nach dem Studium in einem Ministerium arbeiten und später eine politische Karriere anstreben wollte. Sie selbst dagegen hatte schon länger mit einer Laufbahn in der Medienbranche geliebäugelt, bei einer Zeitung, einer Rundfunk- oder Fernsehanstalt oder in einer großen Werbegesellschaft. Dazu hätte sie zwar nicht unbedingt eine juristische Ausbildung benötigt, aber einen Universitätsabschluss wollte sie auf jeden Fall machen. Und da ihr die Rechtswissenschaften zusagten und sie dieses Studium nun einmal begonnen hatte, blieb sie dabei. Sie hatten also das gleiche Ziel, wenn auch jeder eine andere berufliche Vorstellung hatte.

Sie hatten sich beide vorgenommen, nach dem neunten Semester ihr Examen zu machen und erschraken deshalb sehr, als Anna im achten Semester feststellte, dass sie schwanger war. Eine Abtreibung kam nicht in Frage, darüber waren sie sich von Anfang an einig. Anna sah die positive Seite an der Sache, denn wenn man schwanger ist, wird man in zunehmendem Maße träger. Man will nicht mehr so oft ausgehen und lässt sich daher nicht leicht ablenken, zumindest fällt es mit immer dicker werdendem Bauch nicht so schwer, zu Hause zu sitzen und zu studieren. Das Studium so kurz vor dem Examen abzubrechen, kam beiden keine Minute lang in den Sinn.

»Irgendwie wird es gehen«, war Annas Wahlspruch, und es ging! Sie war vierundzwanzig Jahre alt. Joachim war eineinhalb Jahre älter, da er ebenfalls ein Jahr im Ausland verbracht und den Militärdienst abgeleistet hatte. Beim schriftlichen Teil des Examens war sie hochschwanger und ihre Kommilitoninnen und Kommilitonen sahen sie teils mitleidig, teils fragend an, wenn sie ihren dicken Leib zwischen Stuhl und Schreibpult zwängte. Gott sei Dank schrieb Joachim sein Examen in einem anderen Prüfungslokal, denn als Paar hätten sie sicher noch mehr Aufmerksamkeit erregt. Zwischen schriftlicher und mündlicher Prüfung lagen drei Monate und zum mündlichen Teil des Examens erschien Anna schlank und rank wie vor Beginn ihrer Schwangerschaft, doch zu Hause lag seit zweieinhalb Monaten ein kleiner Junge namens Benjamin in seinem Bettchen und wurde an diesem besonderen Prüfungstag von Annas Mutter beaufsichtigt. Anna fand, dass so ein kleines Baby dem Lernen nicht abträglich war. Ein Säugling war ein guter Vorwand, nicht ausgehen zu können, und Anna nützte die Zeit, wenn das Kind schlief, fast ausschließlich zum Lernen. Joachim zog es vor, in die Bibliothek zu gehen, das Kindergeschrei schien ihn arg mitzunehmen. In der Zwischenzeit hatten sie nämlich ihre jeweilige Studentenbude aufgegeben und waren gemeinsam in eine kleine Wohnung gezogen.

»Und wie ging das finanziell?«, wollte die Moderatorin wissen. »Haben Ihre Eltern Sie stärker unterstützt?«

»Wir erhielten beide kein Bafög und studierten auf Kosten unserer Eltern. Jeder von uns hatte einen bestimmten monatlichen Etat, den legten wir zusammen und so konnten wir uns die kleine Wohnung leisten. Natürlich unterstützten unsere Eltern uns zusätzlich, indem unsere beiden Mütter sich abwechselnd um das Kind kümmerten und uns für den Kleinen ab und zu etwas zum Anziehen schenkten. Und als wir nach dem bestandenen Examen standesamtlich heirateten, erhielten wir von unseren Eltern ein großzügiges Hochzeitsgeschenk. Dass sie dies ermöglichen konnten und nie an uns zweifelten, sondern immer sicher waren, dass wir unser Ziel nicht aus den Augen verlieren würden, bezeichne ich natürlich auch als Glück, das hat nichts mit Tüchtigkeit zu tun.«

»Und Sie selbst hatten nie Zweifel, dass Sie das Examen bestehen würden?«, fragte die Moderatorin dazwischen.

»Nein, nie«, antwortete Anna ganz überzeugt, und für diese Antwort schämte sie sich kein bisschen. Sie fand auch nicht, dass es überheblich klang, denn es war eine unumstößliche Tatsache. »Als wir jeweils den Brief erhielten mit den schriftlichen Examensnoten, rätselten wir natürlich, welche Ergebnisse das Kuvert enthalten würde, und freuten uns über die Maßen, als wir feststellten, dass wir beide gut abgeschnitten hatten, sogar besser, als wir gedacht hatten. Joachim war um zwei Zehntelpunkte besser als ich, darüber habe ich mich sehr gefreut.«

»Und wenn Sie besser gewesen wären, hätte Sie das auch gefreut?«

»Ich glaube nicht«, sagte Anna etwas verlegen, »so war es mir lieber.«

Sie hielt wieder das Band an. Ob Joachim das gut fand, was sie da gesagt hatte? Sie hoffte zumindest, dass er nicht verärgert sein würde. Sie hatte am Videorekorder die Pausetaste gedrückt und ihr stummes Bild war auf dem Bildschirm zu sehen. Jeder sieht, dass mir diese Situation peinlich ist, dachte sie. Wenn Joachim nicht damit einverstanden war, würde sie darum bitten, diese Stelle herauszulöschen. Überhaupt war die ganze Frage absurd.

Während sie ihr Bild auf dem Fernsehschirm betrachtete und fand, dass sie allmählich etwas Farbe ins Gesicht bekommen hatte und nicht mehr so elend aussah, lauschte sie auf Geräusche im Haus. Sie hoffte immer noch, dass Joachim aufwachen und sich zu ihr gesellen würde, doch alles blieb still. Sie drückte wieder auf »Play«. Nach dem letzten Satz war eine kleine Pause entstanden. Die Moderatorin sah sie fragend an, als warte sie auf eine weitere Aussage, doch Anna schwieg.

»Und dann kam die Referendarzeit«, setzte die Moderatorin das Gespräch fort.

»Ja, zuerst fand aber die mündliche Prüfung statt, in der wir beide unsere Noten noch verbessern konnten. Die Referendarzeit dauert heutzutage nicht mehr so lange wie früher. Als mein Vater studierte, waren es dreieinhalb Jahre, heute beträgt sie etwa zwei Jahre. Für diese Zeit gebührt unseren Eltern, insbesondere unseren Müttern natürlich, besonderer Dank. Sie waren immer für unser Kind da, wenn wir an unsere Ausbildungsstätten mussten oder an Arbeitsgemeinschaften teilnahmen. Manchmal leisteten wir uns auch einen Babysitter, dafür wurden eben dann andere Ausgaben gestrichen.

»Welche zum Beispiel?«, wollte die Moderatorin wissen.

»Wir haben beispielsweise einen ganzen Monat lang nur zu Hause gekocht. Das ist uns besonders schwer gefallen, denn wir sind beide für unser Leben gern zum Essen gegangen. Im Übrigen haben wir in diesen zwei Jahren, wenn auch meist abwechselnd, so viel Zeit wie möglich mit unserem Kind verbracht. Aber wir haben beide nie unser Ziel aus den Augen verloren, auch das zweite juristische Staatsexamen zu absolvieren und zu bestehen.«

»Was Ihnen selbstverständlich gelungen ist«, warf die Moderatorin ein, »denn sonst säßen Sie heute nicht hier.«

»Richtig«, meinte Anna und fuhr lachend fort: »Aber vorher hat sich ein zweites Kind angemeldet.«

Die Moderatorin lachte ebenfalls und fragte: »Und wann war das?«

»Alles spielte sich genauso ab wie beim ersten Mal. Hochschwanger ging ich ins schriftliche Examen, danach wurde unsere Tochter Julia geboren und beim mündlichen Examen war sie wie Benjamin damals zweieinhalb Monate alt.«

»Und Sie waren?«

»Ich war knapp siebenundzwanzig«, sagte Anna bescheiden.

Die Interviewerin war beeindruckt, das konnte man sehen. »Und danach«, fragte sie, »sind Sie beide in den Beruf eingestiegen?«

»Nicht sofort«, meinte Anna. »Da wir beide promovieren wollten und bereits während der Referendarzeit mit unseren Dissertationen begonnen hatten, dauerte es noch über ein weiteres Jahr, bis wir unsere Doktorarbeiten beendet hatten. Das war vor allem finanziell eine schwierige Zeit, denn das Referendargehalt lief mit dem zweiten Staatsexamen aus und nur Joachim hatte eine bezahlte Doktorandenstelle. Ich musste also zusätzlich ein wenig arbeiten, um uns über Wasser halten zu können. Unsere Eltern haben noch einmal für uns in die Tasche gegriffen, um uns für die Zeit unserer Abwesenheit ein Kindermädchen zu bezahlen. Als dann jeder von uns seine Dissertation geschrieben und abgegeben hatte, bemühten wir uns beide sofort um eine Stelle.«

Die Moderatorin schüttelte den Kopf. »Einfach unglaublich«, sagte sie. »Zwei juristische Staatsexamina in der kürzestmöglichen Zeit, dann noch ein Doktorat und dazwischen die Geburt zweier Kinder, das ist außerordentlich, fast nicht vorstellbar!«

»Ja«, stimmte Anna zu, »es ist kaum zu glauben, aber irgendwie ist es gegangen. Und das Seltsame daran ist, dass es uns während der gesamten Zeit gar nicht so schwierig erschien. Erst heute, wenn ich daran zurückdenke, erscheint es mir fast unmöglich, dass alles so reibungslos ablief, und mir wird fast ein wenig schwindelig.«

»Heute sind Sie vierunddreißig und arbeiten erfolgreich als leitende Redakteurin bei einem Fernsehsender. Ihr Mann hat sich nach mehrjähriger Tätigkeit als Ministerialbeamter im Innenministerium politisch engagiert, ganz so, wie er es sich in jungen Jahren gewünscht hat, und wurde vor etwa zwei

Jahren zum Staatssekretär ernannt. Wenn ich richtig informiert bin, ist er der jüngste Staatssekretär in unserem Bundesland. Ihre Kinder sind neun und sieben Jahre alt, Ihre Ehe gilt als ausgesprochen glücklich – also wenn das kein außergewöhnliches, erfolgreiches vierunddreißigjähriges Leben ist ...?« Die Moderatorin machte eine Pause, sah geradewegs in die Kamera und lächelte ein wenig, um sich dann mit fragendem Blick wieder Anna zuzuwenden. Sie war eine hübsche dunkelhaarige Frau. Ihr Name war Erika Markovic. Anna konnte sich nicht erinnern, sie früher schon einmal auf dem Bildschirm gesehen zu haben, allerdings hatte sie nicht allzu oft Zeit zum Fernsehen.

»Ja«, sagte Anna, »das mag schon sein, dass es ein außergewöhnliches Leben war oder ist. Aber eines muss ich unbedingt loswerden: All der Erfolg im Studium und die berufliche Karriere wären nur halb so befriedigend ohne das Glück in der Familie. Das Glück, zwei gesunde Kinder zu haben und einen Ehemann, mit dem man auch nach zwölf Jahren immer noch gerne zusammen ist – das wiegt meines Erachtens keine noch so tolle Karriere auf.«

»Haben Sie manchmal Angst?«, fragte Frau Markovic ganz unvermittelt.

Anna spürte, wie ihr plötzlich sehr heiß wurde, auf diese Frage war sie nicht vorbereitet. »Angst wovor?«, fragte sie.

»Die Befürchtung, dass etwas passieren könnte, dass sich das Glück einmal wenden könnte.«

Anna überlegte fieberhaft. Nur jetzt nichts Falsches sagen, dachte sie und lächelte Frau Markovic an. »Natürlich hat man manchmal Angst, besonders wenn man von irgendeinem Unglück hört oder liest. Dann denkt man selbstverständlich, so etwas könnte jedem passieren, auch mir, aber das denken sicher viele Menschen, ich bin da bestimmt keine Ausnahme.«

Man konnte sehen, dass Frau Markovic mit dieser Antwort nicht ganz zufrieden war, sie sah Anna abwartend an und diese fügte noch hinzu: »Aber es ist durchaus nicht so, dass ich mir jeden Tag Gedanken oder Sorgen darüber mache, ob es in meinem, in unserem Leben so positiv weitergeht wie bisher.

Natürlich hofft man, dass auch in Zukunft alles einigermaßen gut läuft, aber allzu große Ängste habe ich nicht.«

Anna hielt erneut das Band an. In der Sendung saß sie souverän und erhaben in ihrem hellgrauen Kostüm mit der bordeauxfarbenen Bluse in ihrem Sessel, die blonden Haare hochgesteckt und mit einer Spange zusammengehalten, die Beine übereinandergeschlagen, und sah Erika Markovic geradewegs in die Augen. Ob diese etwas ahnte? Ob sie wusste, dass das ganz und gar nicht die Wahrheit war, sondern dass Anna seit Monaten von dieser entsetzlichen Angst geplagt wurde, etwas könnte ihr Glück, ihr ganzes Leben zerstören? Falls sie ihr tatsächlich nicht glaubte, ließ sie es sich nicht anmerken. Anna schaltete das Band wieder ein.

Nun fragte Frau Markovic noch einige belanglose Dinge, zum Beispiel ob die Kinder in der Schule besondere Vorlieben oder Neigungen hätten. Auch wollte sie wissen, wie Anna es schaffte, die Kinder, den Haushalt und die Karriere sowie die gesellschaftlichen und sozialen Pflichten, die man als Frau eines Staatssekretärs schließlich habe, unter einen Hut zu bekommen.

Anna antwortete, dass sie seit etwa vier Jahren von einer sehr lieben, patenten Hausangestellten unterstützt werde, die prima mit den Kindern zurechtkomme. Und wenn diese frei habe, seien auch immer die beiden Omas zur Stelle. Bisher habe das alles recht gut geklappt.

»Könnten Sie sich vorstellen, ein drittes Kind zu haben?«, warf Erika Markovic noch schnell eine Frage auf.

»Vorstellen könnte ich es mir schon, aber ich denke, das kommt im Augenblick nicht in Frage.«

»Und wenn eines käme?«, bohrte die Moderatorin nach.

»Dann würde ich mir für ein paar Jahre eine berufliche Auszeit nehmen, dessen bin ich mir sicher. In diesem Fall würde ich mir den Luxus erlauben, meine ganze Zeit den Kindern zu widmen, wenn auch nur für ein paar Jahre, aber immerhin.«

»Das war ein schönes Schlusswort«, sagte Frau Markovic, »lassen wir es dabei. Ich bedanke mich nochmals ganz herzlich für Ihren Besuch.« Sie schüttelten einander die Hände und lächelten beide in die Kamera, dann kam der Abspann.

Anna schaltete das Band ab. Eine Weile saß sie nur da, ohne an etwas Bestimmtes zu denken. Doch bald begannen ihre Gedanken um die Stelle zu kreisen, an der sie gesagt hatte, sie habe keine großen Ängste. Klang das nicht zu selbstgefällig, zu sicher? Und die Frage nach dem dritten Kind: Warum hatte sie nicht klipp und klar gesagt, dass sie sicherlich kein drittes Kind haben würden? Sie kannte schließlich Joachims Einstellung. Nicht nur einmal hatten sie über eine solche Möglichkeit gesprochen. Doch Joachim war strikt dagegen, er wollte kein drittes Kind. Sie jedoch hatte diesen Wunsch, und er war seit etwa einem Jahr immer dringender geworden. Gerne wäre sie für dieses Kind neben dem Vater die einzige Bezugsperson. Wenigstens drei Jahre lang würde sie pausieren und in dieser Zeit nur für die Kinder da sein. Sie konnten es sich leisten, Joachim verdiente genug und es hatte den Anschein, als sei er in seiner Karriere noch nicht am Ende angekommen. Doch Joachim wollte auf keinen Fall ein weiteres Kind. Einmal hatte er sogar behauptet, dass es einen Keil zwischen sie und ihn treiben könnte. Dies war bisher einer der wenigen Punkte, über die sie sich nicht wirklich einig werden konnten. So hatte sie das Thema seit Längerem nicht mehr angeschnitten und sie hoffte sehr, dass er ihr nicht übel nahm, was sie in der Fernsehaufzeichnung gesagt hatte.

Eigentlich ist es doch ein ganz gutes Interview geworden, dachte sie. Warum nur konnte sie nicht froh sein? Weshalb schnürte ihr die Angst auch jetzt gerade wieder die Kehle zu, sodass sie Mühe hatte zu atmen? Wäre Joachim doch aufgeblieben, sie hätte so gerne mit ihm darüber gesprochen. Langsam ging sie ins Badezimmer, zog sich aus, schminkte sich das Gesicht ab und ging zu Bett. Sie lag lange wach, hörte Joachims gleichmäßige Atemzüge neben sich und rührte sich nicht, als sie hörte, wie er aufstand und ins Bad ging. Als er zurückkam war Anna versucht, ihn zu fragen, weshalb er nicht aufgeblieben sei, unterließ es dann aber und stellte sich schlafend. Erst geraume Zeit später fiel sie endlich in einen quälenden, unruhigen Schlaf. Sie erwachte erst, als Joachim bürobereit angezogen neben ihrem Bett stand.

»Mein Gott, ist es schon so spät?«, rief sie und sprang mit einem Satz aus dem Bett.

»Nein, nein«, beschwichtigte Joachim, »es ist erst halb sieben. Aber der Ministerpräsident hat für heute früh eine Sitzung anberaumt und ich habe vergessen, dir das zu sagen. Deshalb habe ich gestern auch nicht auf dich gewartet und bin lieber zu Bett gegangen. Wie war es denn?«

Anna hatte sich wieder auf das Bett sinken lassen und bedeutete ihm, sich neben sie zu setzen.

»Ich bin wirklich in Eile«, sagte er.

»Nur ganz kurz, ich muss sonst so zu dir aufsehen, das ist irgendwie blöd.«

Er setzte sich also. Sie berichtete in knappen Sätzen von dem Verlauf des Interviews, dass es erst am Sonntag gesendet werde und sie ein Videoband von der Sendung habe, das er sich gerne ansehen könne. Falls ihm etwas gar nicht gefalle, könne man es auch herausschneiden. »Das nehme ich zumindest an«, fügte sie hinzu, als sie seinen erstaunten Blick bemerkte.

»Ich werde es mir ansehen«, meinte er und stand auf. »Heute Abend oder morgen, ja vielleicht morgen früh, ehe ich ins Amt gehe.«

Sie zuckte mit den Schultern. »Wie du meinst.«

Er hauchte einen Kuss auf ihre Wange und ehe sie ihn noch an sich drücken und umarmen konnte, war er schon an der Tür. »Bis heute Abend«, rief er und lief die Treppe hinunter.

Die Kinder kamen, ohne dass sie sie geweckt hätte, bereits aus ihren Zimmern. »Wir haben euch reden hören, da sind wir aufgewacht«, sagten sie fast einstimmig.

Benjamin machte seine Morgentoilette völlig selbständig, während Julia noch ihre Hilfe benötigte. Sie gab beiden ihre Kleidung für die Schule und bald saßen alle drei am Frühstückstisch. Anna wunderte sich sehr, als die Kinder erzählten, Papa habe gestern Abend sehr lange telefoniert und sie hätten in der Zwischenzeit ferngesehen. Nur kurz vor dem Zubettgehen habe er ihnen eine kleine Geschichte vorgelesen. Er müsse noch arbeiten, habe er gesagt. Anna war verärgert. Der Termin hatte seit langer Zeit festgestanden und Joachim hatte hoch und heilig versprochen, dass er pünktlich am Abend zu Hause sein und auch Zeit für die Kinder haben werde. Sie hätte sonst ihre Mutter hergebeten oder Frau Brem, die Hausangestellte, wäre am Abend noch mal gekommen. Das tat sie manchmal, wenn sie beide abends weg mussten. Sie versuchte, ihren Ärger vor den Kindern zu verbergen. Es war schon nach halb acht, die zwei mussten los. Seit Kurzem gingen sie alleine, ohne Begleitung eines Erwachsenen, zur Schule. Da beide noch in der Grundschule waren, konnten sie zusammen gehen. Im nächsten Jahr, wenn Benjamin auf das Gymnasium wechseln würde, hätten sie verschiedene Wege. Schade, dachte Anna, als sie die Kinder bis zum Gartentor begleitete und ihnen nachsah, wie sie einträchtig nebeneinander den Fußweg entlangwanderten. Das würde die erste schmerzliche Trennung für die beiden sein, denn die Geschwister hingen sehr aneinander.

Joachim fand weder am Abend jenes Donnerstags noch am nächsten Morgen vor Dienstantritt die Zeit, sich die Aufzeichnung anzuschauen. Auch bei Anna ging in der Redaktion alles drunter und drüber und sie erinnerte Joachim nicht an die Kassette. Benjamin war mit einem blutenden Knie nach Hause gekommen, jemand hatte ihn geschubst und er war gestürzt. Anna wollte wissen, wer ihn geschubst habe, doch Benjamin wollte es nicht sagen. Er behauptete, es sei nicht mit Absicht geschehen. Frau Brem hatte die Wunde zwar schon verarztet, doch als Anna nach Hause kam, wollte sie sich die Verletzung ansehen. Sie sah ziemlich schlimm aus, und Anna reinigte die Stelle noch einmal und strich erneut Salbe darauf. Dann blies sie auf die Wunde, drückte einen Kuss auf das Knie und bedeckte es schließlich mit einem dicken Pflaster. Benjamin schien es daraufhin besser zu gehen.

Joachim kam an diesem Freitagabend spät nach Hause und die Kassette blieb wieder liegen. Erst am Samstag nach dem Frühstück, Anna machte sich gerade fertig, um einkaufen zu gehen, meinte Joachim, dass er sich währenddessen in Ruhe die Aufzeichnung ansehen wolle. Sie wäre zwar lieber dabei gewesen, sagte jedoch nichts. Als sie zurückkam, versuchte sie in seinem Gesicht zu lesen, aber er sah ganz zufrieden aus.

»Möchtest du, dass wir etwas herausschneiden?«, fragte sie.

»Nein, lass nur, es kann ruhig so bleiben.«

»Du bist also mit allem einverstanden?«

»Das mit dem dritten Kind hättest du nicht sagen sollen. Wir sind uns doch einig, dass wir kein weiteres Kind wollen, oder?« Sie antwortete nicht, sah ihn nur misstrauisch von der Seite an. »Wir waren uns doch einig, Anna?«

»Ja, ja«, sagte sie schließlich. »Deiner Meinung nach sind wir uns einig, lass es uns so sagen. Bist du jetzt böse? Dann sollten wir versuchen, die Stelle herausschneiden zu lassen, vielleicht geht es noch. Morgen geht das Ding auf Sendung.«

Er schüttelte den Kopf. »So schlimm ist es auch wieder nicht«, meinte er, und damit war die Diskussion beendet.

Am Sonntagabend, als die Sendung ausgestrahlt wurde, waren Anna und Joachim beim Innenminister eingeladen. Gott sei Dank war dort nirgendwo ein Fernsehgerät eingeschaltet, sodass niemand sie darauf ansprechen konnte. Sicher würde man am nächsten Tag im Ministerium über das Interview reden, irgendjemand hatte es sicher gesehen, aber an diesem Abend sprach keiner davon und Anna war froh darüber.

Die Kinder wussten zwar, dass ihre Mutter ein Interview im Fernsehen gegeben hatte, sie wollte es ihnen aber erst später einmal zeigen. Als Benjamin von Mitschülern darauf angesprochen wurde, dass man seine Mutter im Fernsehen gesehen habe, antwortete er schlagfertig: »Ich weiß, dass meine Mutter im Fernsehen war, sie hat das Gespräch auf Video aufgenommen. Wir werden es uns in den Ferien ansehen, wenn wir mehr Zeit haben.« Damit war das Thema auch für die Kinder erledigt.

Nach ihrer Rückkehr tranken Joachim und Anna noch ein Glas Rotwein und gingen dann zu Bett. Sie sprachen nicht mehr viel an diesem Abend, es fiel nur die eine oder andere

Bemerkung über Leute, die eingeladen waren, über die Frau des Ministers, die stets so einen gequälten Gesichtsausdruck hatte, und über dessen ältesten Sohn, über den kürzlich etwas in der Zeitung gestanden hatte.

Als sie in der Nacht einmal wach wurde, war Joachim nicht in seinem Bett. Es dauerte eine geraume Weile, bis er zurückkam. Er schien hellwach zu sein.

»Was ist los?«, fragte Anna. »Kannst du nicht schlafen?«

»Ich hatte einen furchtbaren Traum«, antwortete er und streichelte ihr über das Gesicht.

»Willst du ihn mir erzählen?«

»Ein andermal«, murmelte er und schlief augenblicklich wieder ein.

Als Anna sich am Morgen nach seinem schrecklichen Traum erkundigte, behauptete Joachim, er habe ihn vergessen. Das kam ihr komisch vor, aber weshalb sollte er sie anlügen?

An diesem Montagmorgen ging Joachim gegen halb neun aus dem Haus, Anna machte sich kurz nach ihm auf den Weg in die Redaktion. Als sie sich wiedersahen, hatte sich Annas Welt vollkommen verändert.

Die Frau stand in ihrer Einfahrt. Anna erblickte sie, als sie mit dem Auto in die Einfahrt fuhr und ihre Scheinwerfer sie erfassten. Es war an diesem Abend spät geworden in der Redaktion. Sie hatte Frau Brem gefragt, ob sie heute länger bleiben konnte, und bevor sie das Redaktionsgebäude verlassen hatte, hatte sie ihre Haushälterin angerufen und ihr gesagt, dass sie in etwa einer halben Stunde zu Hause sei, sie könne in der Zwischenzeit ruhig nach Hause gehen. Sie hatten das schon einige Male so gemacht. Benjamin wusste Bescheid, dass sie ab und zu eine halbe Stunde allein im Haus waren und er sich nicht zu ängstigen brauchte, falls er aufwachte und feststellte, dass niemand da war. Er konnte seine Mutter auf dem Mobiltelefon anrufen, die Nummer war eingespeichert. Bisher waren die Kinder noch nie wach geworden und Anna hoffte, dass es auch an diesem Abend so war.

Als sie die Frau sah, dachte sie deshalb zuerst an ihre Kinder und fragte sich, was diese Fremde hier in ihrem Garten zu suchen hatte. Anna lenkte den Wagen in die Einfahrt, die Frau trat zur Seite. Das Garagentor öffnete sich automatisch, doch Anna stieg aus, ohne in die Garage zu fahren. Sie trat auf die Frau zu.

»Wer sind Sie und was machen Sie hier?«, fragte sie barsch.

Das Licht aus der geöffneten Garage fiel auf die junge Frau, die in der ziemlich kalten Oktobernacht zitternd dastand. »Sie sind Frau Behrends?«, fragte sie.

Anna nickte. Sie sah auf ihre Armbanduhr. »Es ist fast elf Uhr, was wollen Sie hier um diese Zeit?«

»Ich muss Sie sprechen. Wirklich, Frau Behrends, es ist dringend. Bitte lassen Sie uns ins Haus gehen, hier draußen ist es ungünstig.« Sie fasste Anna am Ärmel ihres Mantels. »Ich bin Jennifer Breitenwand. Mein Name sagt Ihnen nichts. Es geht um Ihren Mann. Bitte, Frau Behrends, lassen Sie uns miteinander reden.«

»Ich kenne Sie ja überhaupt nicht und ich lasse doch nicht mitten in der Nacht wildfremde Leute in mein Haus. Vielleicht steht irgendwo an einer Ecke ein Komplize oder Sie haben eine Waffe, mit der Sie mich bedrohen, sobald wir im Haus sind.«

Die Frau mit dem Modenamen Jennifer lachte auf. »Ich verstehe Sie, Frau Behrends, wahrscheinlich würde ich an Ihrer Stelle genauso reagieren. Aber glauben Sie mir, es geht um John, um Johnny … um Joachim«, fügte sie hinzu, als sie Annas verständnislosen Blick auffing.

»Sie nennen Joachim John oder Johnny? Mein Gott, banaler geht es wohl nicht«, rief Anna. Nun war sie es, die das junge Mädchen am Ärmel ihrer dünnen Jacke fasste. »Was soll das? Sie stehen mitten in der Nacht vor meinem Haus und erzählen mir irgendetwas von meinem Mann, den Sie Johnny nennen, was bedeutet das?«

»Das will ich Ihnen ja gerade erklären, aber nicht hier draußen, bitte, hier ist es zu kalt.«

Anna war sich plötzlich sicher, dass von dem Mädchen keine Gewalt zu befürchten war und sich auch nirgendwo ein

Komplize verbarg. Dennoch stieg nun erneut dieses schreckliche Gefühl der Angst in ihr auf, das sie schon seit Monaten immer wieder beschlich und ganz besonders stark neulich nach der Aufzeichnung des Interviews. Wortlos schloss sie die Eingangstür auf und horchte ins Haus hinein, ob vom Kinderzimmer ein Geräusch zu hören war. Aber alles war ruhig.

»Entschuldigen Sie bitte, aber ich muss zuerst nach den Kindern sehen, ob alles in Ordnung ist.«

»Natürlich«, sagte das Mädchen, das sich Jennifer nannte.

Sie warf noch einmal einen misstrauischen Blick auf die junge Frau, wieder stieg Argwohn in ihr auf. Am Ende war sie vielleicht doch hereingelegt worden und sie wollte etwas stehlen. Trotzdem setzte Anna ihren Weg die Treppe hinauf fort. Beide Kinder lagen ruhig in ihren Betten und schliefen. Leise schloss sie die Türen der Kinderzimmer und stieg die Treppe wieder hinunter.

Jennifer Breitenwand hatte sich scheinbar nicht von der Stelle gerührt. Sie stand zwischen Diele und Wohnzimmer, wagte offensichtlich nicht ganz ins Zimmer zu treten oder gar Platz zu nehmen. Anna ging an ihr vorbei ins Wohnzimmer und bedeutete ihr, sich zu setzen. Jennifer Breitenwands schmale Gestalt verschwand beinahe in dem pompösen, weichen Polstersessel. Sie stand sogleich wieder auf und bat um Erlaubnis, sich lieber aufs Sofa setzen zu dürfen.

Anna hob die Schultern. »Setzen Sie sich, wohin Sie möchten«, sagte sie unwirsch. »Und nun sagen Sie schon endlich, was Sie von mir und meinem Mann wollen.«

Jennifer sah sie ratlos an. Sie hatte sehr blaue Augen, die von schwarzen Wimpern so dicht umrandet waren, dass es aussah, als habe sie einen ganz dezenten Lidstrich gezogen. Anna erinnerte sich, dass ihre Mutter öfter gesagt hatte, sie beneide Menschen mit so schönen Wimpern.

»Ihr Mann, ich meine Johnny, und ich, wir sind seit über einem halben Jahr zusammen und seit drei Monaten bin ich schwanger. Ich meine, ich erwarte ein Kind von John«, stammelte die junge Frau hastig. Und schnell, als habe sie Angst, Anna könnte sie unterbrechen, sprach sie weiter: »Ich studiere Sozialwissenschaften und habe in den Semesterferien im Büro Ihres Mannes gearbeitet, so haben wir uns kennengelernt. Wir haben uns ziemlich schnell ineinander verliebt und das mit dem Kind war ganz gewiss nicht gewollt, es ist eben passiert. Aber da es nun mal so ist, wollen wir das Kind auch behalten und wir wollen zusammenleben, wir wollen uns zueinander bekennen und den Heimlichkeiten ein Ende bereiten.«

Anna saß da, die Augen weit aufgerissen, sie hatte das Gefühl, der Boden unter ihren Füßen entferne sich von ihr. Sie hielt sich an den Lehnen ihres weichen Sessels fest und wartete darauf, ohnmächtig zu werden. Doch sie wurde nicht ohnmächtig. Warum sterbe ich nicht, dachte sie, warum wirft mich nicht ein Herzschlag zu Boden und lässt mich nie wieder aufstehen? Sie griff sich an die Brust, wollte etwas sagen und konnte nicht, brachte kein einziges Wort hervor.

Jennifer Breitenwand war aufgestanden und zu Anna herangetreten. In ihren Augen standen Tränen. »Es tut mir so leid, Frau Behrends«, sagte sie. »Glauben Sie mir, es tut mir unendlich leid. Wir haben das beide nicht gewollt und ich weiß, dass wir Ihnen großes Leid zufügen. Aber so kann es auch nicht weitergehen mit der ständigen Geheimniskrämerei, den Lügen und fadenscheinigen Ausreden.« Eine Weile hielt sie inne, um dann fortzufahren: »Als ich gestern Abend das Interview mit Ihnen im Fernsehen sah, Sie wissen schon, in der Sendung ›Vierunddreißig‹, da wusste ich, dass etwas geschehen muss. Sie schienen so völlig ahnungslos, so seltsam naiv, und ich hatte große Angst, Sie könnten es von jemand anderem erfahren. Das wäre doch noch viel schlimmer für Sie gewesen, nicht wahr?«

Anna versuchte zu sprechen, doch ihre Stimme versagte und sie flüsterte: »Ich weiß es nicht. Ich frage mich nur, weshalb mein Mann mir das nicht selbst sagt. Hat er Sie etwa zu mir geschickt?«

»Er hat es nicht übers Herz gebracht, es Ihnen zu sagen, deshalb bin ich gekommen.«

»Hat er Sie geschickt?«, wiederholte Anna.

»Geschickt nicht«, sagte Jennifer, »er hat es mir überlassen zu tun, was ich tun wollte. Doch er war ebenfalls der Meinung, dass es auf jeden Fall besser ist, wenn Sie es von mir hören als von irgendeiner dritten Person.«

»Weiß er, dass Sie jetzt hier sind?«

»Er weiß, dass ich heute Abend mit Ihnen sprechen wollte.«

»Und er hat nicht versucht, Sie davon abzuhalten?«

»Nein.«

Jennifer stand noch immer vor Anna, die in dem breiten Sessel kauerte, sie hatte die Schuhe ausgezogen und die Beine an sich herangezogen. Mit den Armen hielt sie ihre Knie umschlungen und das Kinn hatte sie auf die Knie gestützt. Sie sah zu Jennifer Breitenwand auf. Plötzlich erhob sie sich und schlug dem Mädchen zweimal kräftig ins Gesicht, einmal mit der rechten, einmal mit der linken Hand. Auf Jennifers Wangen bildeten sich rote Flecke, aber sie sagte nichts. Es liefen nur noch mehr Tränen über ihr Gesicht und sie murmelte: »Ich kann Sie ja verstehen, ich kann Sie so gut verstehen.«

»Ach was«, sagte Anna, »Sie verstehen gar nichts, rein gar nichts.« Sie schob das Mädchen durch das Wohnzimmer zur Haustüre und hinaus ins Freie. »Ich hoffe, ich muss Sie in meinem Leben nie wieder sehen, mein Gott, nie wieder!« Damit schlug sie die Haustür hinter sich zu, wankte zurück ins Wohnzimmer, ließ sich erneut in den Sessel sinken und begann laut und hemmungslos zu weinen.

Gegen eins kam Joachim. Sie hörte, wie er vorsichtig die Türe aufsperrte, wohl in der Hoffnung, sie im Bett zu finden. Stattdessen hatte sie seit über einer Stunde bewegungslos auf ihrem Platz gesessen und gewartet. So fand er sie vor, als er ins Haus trat und Licht im Wohnzimmer brennen sah.

»Was ist los?«, fragte er besorgt.

»Jennifer Breitenwand war hier«, antwortete sie mit kaum hörbarer Stimme.

Sie hoffte auf eine Ausrede, hoffte, dass er sagen würde, Jennifer sei irgendein verrücktes Ding, das ihm seit Langem nachlaufe und sich irgendwelche Flausen in den Kopf gesetzt habe. Jede noch so banale Lüge wäre ihr recht gewesen und sie hätte sie geglaubt, hätte es doch gezeigt, dass ihm immer noch etwas an ihr lag und er sie nicht verlassen wollte. Doch er sagte nichts dergleichen. Stattdessen meinte er: »Ich weiß, sie hat gesagt, dass sie herkommen will, um mit dir zu reden. Ich hielt es für keine sehr gute Idee, andererseits hat sie recht. So wie in den letzten Monaten konnte es nicht weitergehen. Es muss eine Entscheidung getroffen werden.«

»Warum hast du nicht selbst mit mir gesprochen?«, schrie Anna ihn an.

»Weil ich ein Mann bin und wie viele Männer furchtbar feige, das weißt du doch.«

»Bis jetzt wusste ich das nicht, aber jetzt weiß ich es.« Sie war aufgestanden und hatte sich vor ihn hingestellt. Wie immer, wenn sie Meinungsverschiedenheiten hatten, wartete sie darauf, dass er sie in die Arme nahm und tröstete. Doch nichts geschah. Sie sah ihn an und bat: »Sag, dass es nicht wahr ist, dass das alles ein dummer Streich ist, ein Irrtum, ein Missverständnis, bitte …«

Er schüttelte traurig den Kopf. »Leider nicht, Anna, es ist die Wahrheit, die reine Wahrheit.« Er sah auf seine Armbanduhr. »Es ist spät, wir sind beide sehr müde. Lass uns schlafen gehen und wir sprechen morgen früh darüber. Wir werden über alles reden, das verspreche ich, aber heute ist es einfach zu spät dafür.«

»Du glaubst, ich kann jetzt schlafen?«, schrie sie ihn an. »Wie herzlos bist du eigentlich, zu denken, dass ich jetzt schlafen könnte?«

»Nimm ein Schlafmittel, jetzt gleich. Bis du deine Abendtoilette beendet hast, wirkt es und du wirst einschlafen. Ich habe mir für den Vormittag freigenommen, vielleicht kannst du in der Redaktion anrufen und dich ebenfalls entschuldigen.« Er sah, dass sie erneut protestieren wollte und wiederholte: »Bitte Anna, lass es uns morgen früh besprechen, wenn die Kinder in der Schule sind und wir geschlafen haben.«

Die Erwähnung der Kinder gab den Ausschlag. Anna bezweifelte zwar, dass sie schlafen würde, trotz Schlafmittel. Sie nahm es jedoch gleich ein und ging dann ins Bad, um ihr Gesicht abzuschminken und zu duschen. Sie überlegte noch, ob sie nicht in ein anderes Zimmer gehen oder Joachim bitten sollte, im Gästezimmer zu schlafen, doch das Schlafmittel begann bereits zu wirken. Sie war eingeschlafen, noch ehe Joachim ins Bett gekommen war.

Am Morgen erwachte sie in Joachims Armen. Sie war wohl im Schlaf zu ihm hingerutscht, gewohnheitsmäßig, so wie sie es oft getan hatte. Und er hatte scheinbar nicht dagegen protestiert oder es gar nicht bemerkt. Er schlief noch. Sanft löste sie sich aus seinen Armen und betrachtete ihn. Sie dachte: Wie hat es nur dazu kommen können? Weshalb sind mir all die Auffälligkeiten, die es sicher gegeben hat, entgangen? Habe ich wirklich nichts bemerkt oder wollte ich nichts merken? Warum habe ich dann Schweißausbrüche bekommen, als man mich fragte, ob ich nicht fürchtete, etwas könnte mein Glück zerstören? Weil ich Angst hatte, weil ich längst wusste, dass etwas nicht in Ordnung war, ich wollte es nur nicht wissen. Ich dachte, wenn ich es nicht weiß, muss ich nicht Stellung nehmen, nicht darüber reden, kann hoffen, dass es vorbeigeht. War es so gewesen? Sie wusste es nicht. Sie wunderte sich über ihre Ruhe an diesem Morgen. Sicher lag es zum Teil daran, dass sie von dem Schlafmittel noch etwas benommen war. Aber abgesehen davon war sie tatsächlich ziemlich ruhig. Joachim hatte recht gehabt, es war besser gewesen, darüber zu schlafen.

Sie ging ins Bad und spritzte sich eine Menge Wasser ins Gesicht, um ganz munter zu werden und die Wirkung des Schlafmittels zu vertreiben. Dann putzte sie sich anhaltend die Zähne, wusch sich die Haare und fing an, sich sorgfältig zu schminken. Sie trocknete und kämmte ihr Haar und betrachtete sich im Spiegel. Sie war zufrieden mit ihrem Aussehen. Dass Jennifer beträchtlich jünger war, konnte nicht der Grund für Joachims Untreue sein. Es hat einen anderen Grund, dachte sie. Vielleicht dauerte eine Liebe ja nicht länger als zwölf Jahre. Zwölf Jahre brauchte der Planet Jupiter, um alle Tierkreiszeichen zu durchlaufen. Nun war er wieder dort angekommen, wo er stand, als sie sich kennengelernt hatten. Unsinn, rief sie sich zur Ordnung, wieso glaubst du auf einmal an die Astrologie?

Sie überlegte, was sie anziehen sollte. Ihre Kleider hingen im Schrank im Schlafzimmer, dorthin wollte sie nicht gehen, sie würde Joachim aufwecken. Sie schaute in den großen begehbaren Schrank neben dem Badezimmer, in dem getragene Kleidungsstücke aufbewahrt wurden, die darauf warteten, in die Reinigung gebracht oder zum Lüften auf den Balkon gehängt zu werden. Sie fand einen dunkelblauen Pullover mit kurzen Ärmeln und ein gleichfarbiges langärmeliges Jäckchen, dazu passte ein hellbrauner, knöchellanger Rock aus weichem Wollstoff. Im Morgenmantel ging sie in den Garten hinunter und ließ die Kleidungsstücke einige Minuten im Wind flattern. Das musste gehen. Sie wollte jetzt nicht zurück ins Schlafzimmer, um sich frische Sachen aus dem Kleiderschrank zu holen. Nachdem sie sich angezogen hatte, betrachtete sie sich in dem großen Spiegel in der Diele. War das noch dieselbe Anna, die sie am Morgen des Vortages im Spiegel gesehen hatte? Nein, es war eine andere! Die Anna von gestern würde es nie mehr geben! Sie spürte Tränen aufsteigen und dachte an das sorgsam aufgetragene Make-up und an das bevorstehende Gespräch mit Joachim. Sie biss die Zähne zusammen und ging hinauf, um die Kinder zu wecken.

Weder Benjamin noch Julia hatten etwas von dem nächtlichen Besuch mitbekommen. Wie jeden Tag wurden sie von ihrer Mutter ermahnt, sich gründlich zu waschen, wie jeden Tag jammerte Julia ein wenig, als Anna ihr die Haare kämmte und zum Pferdeschwanz zusammenband. Unbekümmert saßen sie beim Frühstück und fingen an, sich wie fast jeden Tag über irgendeine Belanglosigkeit zu streiten. Plötzlich kamen ihr wieder Jennifers Worte in den Sinn: »Wir wollen zusammenleben!«

Wenn das stimmte, wenn Joachim das tatsächlich auch wollte, wie würden die Kinder es aufnehmen, dass ihr Vater sie verließ? Würden sie es je verkraften können? Anna ließ sich nichts anmerken. Wie jeden Tag richtete sie die Pausenbrote, gab den beiden Geld, um in der Pause ein Getränk zu kaufen, und drängte sie, sich zu beeilen, es war fast halb acht. Im ersten Stock hörte man eine Tür klappen. Benjamin fragte, ob Papa noch zu Hause sei. Anna nickte, er sei gestern sehr spät nach Hause gekommen und wollte heute etwas länger schlafen.

»Dann kommt er ja zu spät ins Ministerium«, sagte Julia altklug.

»Papa hat sich für heute Vormittag ein paar Stunden freigenommen«, entgegnete Anna.

»Der kann sich einfach freinehmen«, maulte Benjamin. »Ich muss immer zur Schule gehen, außer wenn ich krank bin.«

»Ja, ja, das Leben ist ungerecht«, versuchte Anna zu scherzen. Sie gab ihren Kindern einen Kuss und begleitete sie zum Zaun. Sie schaute ihnen nach, wie sie die Straße entlanggingen, bis sie um die Ecke verschwunden waren.

Als sie ins Haus zurückging, war auf einmal alles wieder da: Der furchtbare Schmerz, den sie empfunden hatte, als sie Jennifers Geständnis hörte. Der noch größere Schmerz, als Joachim ihre Aussage bestätigte und keine Hoffnung mehr bestand, es könnte sich um einen Irrtum handeln. Dinge kamen ihr in den Sinn, die sie zwar wahrgenommen, jedoch nicht weiterverfolgt hatte: Joachim, der immer öfter spät nach Hause kam, sich häufende dienstliche Wochenendfahrten, Telefongespräche mitten in der Nacht, wenn er sie schlafend glaubte. Warum hatte sie nicht nachgefragt, war den Dingen nicht auf den Grund gegangen? Hätte es etwas geändert? Und was?

Anna deckte den Frühstückstisch für sich und Joachim. Sie versuchte, an alles zu denken, was auf den Tisch gehörte, sie wollte danach nicht ein paar Mal aufstehen müssen, um Vergessenes aus der Küche zu holen. Das Telefon stellte sie leise, damit es nicht störte. Sie hoffte, Joachim würde sein Mobiltelefon ausschalten, so wie sie ihres ausgeschaltet hatte, um nicht erreichbar zu sein. Als er ins Esszimmer trat, in das an diesem kalten, aber sonnigen Oktobertag bereits die Morgensonne schien, sah sie ihm gespannt entgegen. Der Schlaf hatte seine Züge nicht entspannt, er wirkte müde und ausgelaugt und dennoch auf eine besondere Weise erleichtert und wohl froh darüber, dass das Versteckspiel ein Ende hatte. Er setzte sich an den Frühstückstisch, betrachtete aufmerksam das reichhaltige Angebot und schenkte Kaffee in seine Tasse. Dann griff er nach einem Brötchen, bestrich es mit einem Pflanzenaufstrich und fing an, es mit Appetit zu essen. Als sein erster Hunger gestillt war und er einige Male seine Tasse zum Mund geführt hatte, legte er das Besteck zur Seite und schaute Anna an.

»Möchtest du, dass ich dir alles erzähle, oder sollen wir nur darüber reden, wie es weitergehen soll, ich meine, wie ich mir vorstelle, dass es weitergehen soll?

»Wie konnte es nur so weit kommen?«, rief Anna verzweifelt. »Bitte sag mir, wie war das möglich? Warst du so unglücklich mit mir? Warum hast du nie etwas gesagt?«

»Ich war nicht unglücklich, aber in den letzten Jahren auch nicht mehr glücklich. Ich war zufrieden. Zufrieden mit meiner Karriere, zufrieden, dass wir zwei so nette, gesunde Kinder haben, zufrieden, dass wir beide uns immer noch gut verstanden – aber glücklich war ich nicht. Das ist mir aber nicht weiter aufgefallen. Ich dachte, so ist das eben, alles nützt sich ab, vieles wird zur Gewohnheit und man denkt gar nicht mehr darüber nach, warum man jeden Tag nach Hause geht, warum man seine Frau anruft, wenn es später wird. Man tut es einfach. Nicht unbedingt, weil man es möchte, weil man mit ihr sprechen und ihre Stimme hören will, nein, man ruft an, weil es so üblich ist, weil es erwartet wird. Gedanken habe ich mir darüber nicht gemacht. Ich nahm einfach an, das wäre nach einer gewissen Zeit bei allen so. Seltsamerweise war es unser so ganz und gar nüchtern und völlig unromantisch wirkender Innenminister, der mich eines anderen belehrte.

Eines Tages waren wir auf dem Weg zu einer Sitzung außerhalb der Stadt, als wir zuvor bei ihm zu Hause vorbeifuhren. Er nannte keinen besonderen Grund, ich dachte, er habe etwas vergessen. Er bat mich, ihn in seine Wohnung zu begleiten, wo uns seine immer ein wenig sauertöpfisch wirkende Frau empfing. Wie groß war mein Erstaunen, als ich sah, wie liebevoll und zärtlich er diese – darüber waren wir uns ja stets einig – reizlose Person begrüßte. ›Liebchen‹ nannte er sie. Er versuchte gar nicht, einen Vorwand für sein Kommen zu erfinden, sondern sagte frei heraus, dass er noch einmal zu ihr hereinschauen wollte, um ihr Lebewohl zu sagen, da er den ganzen Tag nicht erreichbar sei. Er werde sie anrufen, sobald er auf dem Rückweg sei, um ihre süße Stimme zu hören, wie er sich ausdrückte. Für einen Augenblick argwöhnte ich, dass er das Ganze nur inszeniert hatte, um mir sein heiles Familienleben vorzuführen. Doch als wir wieder im Auto saßen, erklärte er mir, dass er sich nicht vorstellen könne, ohne seine Frau zu leben. ›Ich will immer wissen, wie es ihr geht, will sicher sein, dass sie glücklich ist und es ihr an nichts fehlt. Wenn ich einmal einen ganzen Tag nicht bei ihr war oder ihre Stimme nicht gehört habe, fängt es an, mir dreckig zu gehen.‹

Der Innenminister erzählte von einem Professor, bei dem er politische Wissenschaften gehört hatte, ein richtig abgebrühter, nüchterner Knochen. Aber als seine Frau starb, ist er nach kürzester Zeit ebenfalls gestorben, er konnte einfach nicht ohne sie leben. Dann meinte er: ›Ja, lieber Behrends, ich fürchte, so würde es mir auch ergehen, deshalb wünsche ich mir nichts sehnlicher, als dass meine Gitta mich überlebt, denn sie ist zweifellos die Stärkere von uns beiden.‹

Ich war sehr betroffen und zum ersten Mal wurde mir bewusst, dass es nicht bei allen nach einer gewissen Zeit so ist wie bei uns. Es gibt Ausnahmen. Es gibt Menschen, die ein Leben lang miteinander glücklich sind, die die Nähe des anderen suchen, weil sie sie brauchen, die zu Hause anrufen, weil es ihnen ein Anliegen ist zu hören, wie es dem anderen geht und weil es ihnen selbst besser geht, wenn sie nur die Stimme des anderen gehört haben. Wie gesagt, ich war nicht unglücklich, aber auch nicht glücklich, ich war gewissermaßen teilnahmslos.«

Anna hatte aufmerksam zugehört. »Warum hast du nichts gesagt? Denn ich war glücklich, nicht nur zufrieden, sondern wirklich rundherum glücklich, und ich dachte, du wärest es auch.«

Joachim sah sie an. »Du hast mich aber nie mehr gefragt, ob ich glücklich bin«, sagte er mit Nachdruck. »Nie mehr, seit wir in diesem Haus hier wohnen, nie mehr, seit ich Staatssekretär geworden bin.«

»Hättest du mir denn wahrheitsgemäß geantwortet?«

»*Vor* meinem Erlebnis beim Innenminister hätte ich geantwortet: ›Was heißt glücklich, wer ist schon glücklich? Ich bin zufrieden, das ist doch eine ganze Menge!‹ Hättest du mich *nach* dem Besuch im Haus des Ministers gefragt, hätte ich dir unmissverständlich geantwortet: ›Nein, leider nicht!‹«

»Aber nach dieser Erkenntnis hättest du mir doch sagen können, dass sich etwas ändern muss zwischen uns, damit wir wieder glücklich werden.«

»Nein«, antwortete er traurig, »hätte ich nicht, denn ich wusste nicht, was sich hätte ändern sollen. Ich hatte keine Ahnung, wie wir das Glück hätten wiederfinden können. Irgendwie hatte ich das Gefühl, es sei unwiederbringlich verloren gegangen oder vielleicht gar nie richtig da gewesen. Außerdem kam gar nicht lange nach der Sache beim Minister Jennifer ins Ministerium. Sie brachte eine Saite in mir zum Klingen, von der ich gar nicht wusste, dass ich sie besaß. Sie war so jung, so offen, ohne jeglichen Vorbehalt. Ich weiß, dass du mir gleich widersprechen wirst, aber es schien ihr wirklich egal zu sein, ob ich Staatssekretär bin oder sonst etwas. Sie mochte den Menschen Joachim Behrends, den Mann, und ich spürte mit jedem Tag mehr, wie ich mich darauf freute, sie zu sehen. Ich war traurig, wenn sie einmal nicht ins Büro kam, und sah mit Bangen dem Ende der Semesterferien entgegen, wenn sie aufhören würde, bei uns zu arbeiten. Natürlich dachte ich daran, dass das eine Laune sein könnte und sich die Verliebtheit ebenso abnützen würde wie bei uns. Doch ab einem bestimmten Zeitpunkt wusste ich ganz sicher, dass es nicht so ist. Da wusste ich, dass ich sie liebe und mit ihr leben will. Dass dies gleichzeitig bedeutet, unsere Ehe aufzugeben und dich zu verlassen, kam mir zuerst gar nicht in den Sinn. Erst als wir anfingen, uns regelmäßig zu treffen, als sie aus ihrer Wohngemeinschaft auszog und sich alleine eine Wohnung nahm, wo ich sie jederzeit besuchen konnte, und als wir immer öfter davon sprachen, dass wir zusammenbleiben wollten, wurde mir das klar. Und mir wurde auch klar, dass das ein riesengroßes Problem sein würde, nicht nur deinetwegen, sondern auch wegen unserer Kinder.«

Anna war aufgestanden und ans Fenster getreten. Sie sah hinaus in den Garten, wo Frau Brem noch Anfang September Herbstastern und Anemonen gepflanzt hatte, die nun in voller Blüte standen. Sie wandte sich wieder Joachim zu. »Was haben wir falsch gemacht? Warum warst du auf einmal nicht mehr glücklich mit mir?«

»Unser Glück«, sagte er, »das waren unsere Karrieren, das war die Tatsache, dass wir trotz aller Hindernisse unser Studium erfolgreich abgeschlossen haben, das war gesellschaftliche Anerkennung, wirtschaftliche Sicherheit, dieses noble Haus hier und nicht zuletzt unsere Kinder, die wir, da wollen wir doch ehrlich sein, ebenfalls als Erfolg und als Statussymbol werteten.«

Anna wollte aufbegehren, doch Joachim fiel ihr ins Wort: »Sag nichts, Anna, denk darüber nach und du wirst mir Recht geben müssen.«

»Dein Glück, Jennifers Glück – das ist alles, was im Augenblick für dich zählt«, rief Anna bitter. »Wir, die Kinder und ich, unser Glück und unser Wohlbefinden sind dir egal. Du denkst nur an dich und Jennifer.«

»Das Glück unserer Kinder liegt mir sehr wohl am Herzen, und ich werde tun, was ich kann, um sie nicht unglücklich zu machen. Ich werde ihnen zu verstehen geben, dass ich immer für sie da sein werde und sie jederzeit zu mir kommen können. Ich werde versuchen, ihnen klarzumachen, dass wir die Zeit, in der ich mich viel zu wenig um sie gekümmert habe, weil ich studieren, meinen Doktor und Karriere machen musste, nicht zurückdrehen können. Aber sie werden auch in Zukunft ein Teil meines Lebens sein und sollen nichts entbehren.«

»Und ich, was ist mit meinem Glück?«, fragte Anna verzweifelt, nun doch mit Tränen in der Stimme.

»Ich weiß, dass ich dir sehr wehtue, aber ich kann es nicht ändern. Einer ist immer der Verlierer, und das bist in diesem Fall du. Ich hoffe nur, dass auch du eines Tages wieder glücklich sein wirst und mir vergeben kannst. Das Haus kannst du selbstverständlich behalten, euer Umfeld braucht sich nicht zu verändern, es sei denn, du möchtest es verändern. Ich werde dich finanziell so gut es geht unterstützen, damit du das Haus erhalten und auch Frau Brem behalten kannst. Jennifer und ich, wir werden uns vorläufig eine größere Wohnung suchen.«

»Und was ist mit deiner Karriere?«, fragte Anna. »Eine Scheidung wird deiner Karriere nicht gerade förderlich sein.«

»Ach was!« Joachim machte eine wegwerfende Handbewegung. »Die Leute vergessen schnell, heutzutage ist das kein Drama mehr. Wenn du kein großes Aufsehen machst, nicht an die Öffentlichkeit gehst und mir nicht das Leben schwer machst, ist die Sache in ein paar Monaten ausgestanden.«

Anna schaute argwöhnisch. »Wenn du dich da nur nicht täuschst!«

»Dann wäre es auch nicht so schlimm. Die Karriere bedeutet mir nicht mehr alles. Ich bin zufrieden, wenn ich Staatssekretär bleibe. Selbst wenn ich wieder zum normalen Ministerialrat oder Ministerialdirigent degradiert würde, wäre ich, glaube ich, nicht allzu traurig.« Er machte eine kurze Pause und sah Anna mit seinen grauen Augen hinter der randlosen Brille nachdenklich an. »Es ist schon seltsam«, fuhr Joachim fort und sprach wie zu sich selbst: »Vor ein paar Tagen fragte mich der Ministerpräsident, wie ich dazu stünde, wenn er mir nach den nächsten Wahlen – vorausgesetzt, dass wir sie wieder gewinnen – ein Ministeramt anböte. Noch vor einem halben Jahr hätte ich ohne zu Zögern geantwortet, dass ich mich sehr geehrt fühlen würde. Doch nun sagte ich, ich würde darüber nachdenken. Der Ministerpräsident war über meine Antwort sehr überrascht, schließlich konnte er nicht ahnen, in welcher Lage ich mich gerade befinde.«

Anna konnte es nicht fassen. War das der Joachim, den sie kannte, ihr ehrgeiziger, ganz nach oben strebender Joachim? Ein solches Angebot nicht sofort und vorbehaltlos anzunehmen, hätte sie ihm nie zugetraut. War es wirklich möglich, dass ein Mensch sich aus Liebe so verändern konnte?

Er setzte noch eins drauf, indem er fortfuhr: »Da ist übrigens noch eine Sache, über die ich in der letzten Zeit oft nachgedacht habe. Das Kind, das Jennifer erwartet, möchte ich gerne mit erziehen, es soll anders werden als bei Benjamin und Julia, wo ich nur als eine Art Zuschauer dabeistand.«

Anna schüttelte den Kopf. »Wie sollen die beiden das verkraften, dass du dir für dieses neue Kind plötzlich Zeit nehmen und für es da sein kannst, während du sie verlässt?«

»Ich werde mich eben verstärkt um sie kümmern, werde so viel Zeit wie möglich mit ihnen verbringen, sie mit in den Urlaub nehmen.« Und mit einem Seitenblick auf Anna fügte er hinzu: »Wenn du mich lässt.«

Anna lächelte spöttisch. »Und du glaubst, deine Jennifer – was für ein alberner Name – wird zulassen, dass du dich so intensiv um deine Kinder aus erster Ehe kümmerst? Schließlich ist sie eine junge Frau und hat selbst ein Kind. Sie wird deine ganze Aufmerksamkeit beanspruchen und dich ganz sicher nicht ständig mit deinen anderen Kindern teilen wollen. Mein Gott, Joachim, wie naiv bist du eigentlich?«

»Damit wird sie zurechtkommen müssen«, sagte er ernsthaft. »Wenn sie mich liebt, wird das kein Problem für sie sein, und sie sagt, dass sie mich liebt!«

Anna begriff, dass es sinnlos war, weiter über dieses Thema zu debattieren. Joachim würde nichts von dem, was sie sagen wollte, akzeptieren, würde alle Bedenken wegwischen. Er war wild entschlossen, glücklich zu werden. Vielleicht gelingt es ihm ja, dachte sie traurig. Sie war wieder an den Tisch zurückgekehrt und eine Weile saßen sie einander schweigend gegenüber. Plötzlich sagte Joachim: »Die Eltern von Jennifer sind in der ehemaligen DDR aufgewachsen. Dort gab man den Kindern mit Vorliebe ausländische Namen, vor allem amerikanische. Damit kompensierte man das Fernweh, das man ja zu DDR-Zeiten nicht stillen konnte.«

Anna nickte und meinte trocken: »Und deshalb ist aus dir Johnny geworden.«

Er lächelte sie an. »Sie ist eben jung und ›Joachim‹ ist ihr zu konservativ.«

»Du wirst es den Kindern also selber sagen«, wechselte Anna das Thema.

»Ja.« Er sah auf die Uhr und erhob sich. »Ich muss zur Arbeit, es ist spät genug. Überleg dir, ob du das Haus behalten oder ob du woanders hinziehen willst. Es kommt natürlich auch auf die Kinder an, aber denk schon einmal darüber nach, was du gerne möchtest. Und verzeih mir Anna, wenn du kannst. Lass mich ohne allzu großen Groll gehen, auch wenn ich dir wehtue.«

Er stand schon auf der Treppe, um sein Jackett und seinen Aktenkoffer aus seinem Arbeitszimmer zu holen, als sie ihn fragte: »Wann wirst du denn ausziehen, steht das schon fest?«

»Bald«, sagte er, »sowie ich mit den Kindern gesprochen habe.«

»Habt ihr denn schon eine Wohnung? Du hast gesagt, ihr wollt in eine größere Wohnung ziehen.«

»Noch nicht, das heißt, wir haben eine Wohnung, können sie aber erst in zwei Monaten beziehen. Bis dahin werde ich bei Jennifer wohnen. Solange das Kind noch nicht da ist, wird es schon gehen.«

»Wird sie denn weiterstudieren, wenn das Baby da ist?«

»Nein, sie wird ihr Studium unterbrechen. Erst wenn das Kind älter ist, wird sie es wieder aufnehmen.«

»Ach so ist das!«, sagte Anna.

Er antwortete nicht mehr. Sie hörte ihn oben Türen auf- und zumachen, dann kam er die Treppe heruntergelaufen.

»Eines möchte ich schon noch gerne wissen«, hielt Anna ihn zurück. »Willst du dich denn gleich scheiden lassen oder erwartest du etwa von mir, dass ich die Scheidung einreiche?«

»Von mir aus hat es damit keine Eile. Wenn du eine Scheidung willst, kann und werde ich dich nicht daran hindern. Ich persönlich finde, wir sollten uns erst über das Finanzielle einigen und ob du das Haus behalten willst. Über Scheidung können wir später reden. Geschieden ist man schließlich schnell, wenn beide Parteien damit einverstanden sind.«

»Und Jennifer? Will sie nicht ganz schnell heiraten? Will sie nicht, dass ihr Kind ehelich geboren wird?«

»Darüber haben wir noch nie gesprochen, komisch, nicht?«

»Eigentlich kaum zu glauben«, antwortete Anna spöttisch.

Joachim sah sie mit großen Augen an. »Ich muss wirklich los«, sagte er. Er wusste, was sie durchmachte und dass sie litt, dennoch bat er: »Vielleicht kannst du mein Bettzeug ins Gästezimmer schaffen. Es käme mir komisch vor, jetzt, nachdem du es weißt, noch in unserem gemeinsamen Bett zu schlafen.«

»Ich werde Frau Brem darum bitten. Sie wird es ohnehin erfahren.«

Das Telefon läutete, es war der Sender. Man fragte, wann man mit ihr rechnen könne. Anna sagte, sie sei in einer Stunde da. Es ist gut, dass ich weg muss, dachte sie, ich möchte im Augenblick nicht länger allein in diesem Haus bleiben. Ich möchte auch Frau Brem nichts erklären müssen. Sie schrieb eine Notiz, in der sie die Haushälterin bat, das Bettzeug ihres Mannes ins Gästezimmer zu schaffen, jedoch so, dass die Kinder es nicht merkten. Sie fügte noch hinzu, dass sie später mit ihr darüber sprechen werde, sie aber dringend bitte, vorläufig über die Sache zu schweigen. Soll sie denken, was sie will, überlegte Anna, sie wird die Tatsachen früh genug erfahren.

In der Redaktion war Anna an diesem Tag fahrig und zerstreut. Wenn sie gefragt wurde, was denn los sei, antwortete sie ausweichend. Mit großer Angst sah sie Joachims Gespräch mit den Kindern entgegen. Sie wollte wenigstens zu Hause sein, wenn es geschah. Sie wollte in der Nähe sein, um sie zu trösten, falls sie ihren Trost brauchten, und dessen war sie ganz sicher.

Obwohl sie erst gegen Mittag zum Sender gefahren war, verließ sie die Redaktion bereits um 18 Uhr und war gegen halb sieben zu Hause. Zwar lag eine Menge Arbeit auf ihrem Schreibtisch und einige dringende Dinge wären zu erledigen gewesen, doch sie entschuldigte sich mit Übelkeit und Kopfschmerzen. Der Programmdirektor wiegte bedenklich den Kopf.

»Hoffentlich wird das kein Dauerzustand«, sagte er.

»Ganz bestimmt nicht«, beschwichtigte Anna und dachte: »Das hättest du wohl gerne.«

Frau Brem stand schon im Mantel an der Haustür, als Anna ankam. »Schön, dass Sie da sind, Frau Dr. Behrends.« Sie sah Anna erwartungsvoll an. »Ihren Auftrag habe ich ausgeführt. Den Zettel habe ich weggeworfen, damit die Kinder ihn nicht sehen«, sagte sie leise.

»Danke, Frau Brem, vielen Dank. Ich erkläre Ihnen alles später, in ein paar Tagen.« Sie drückte ihre Hand und schob sie zur Tür hinaus, weil sie schon wieder die Tränen aufsteigen fühlte.

Die Kinder kamen aus ihren Zimmern und begrüßten Anna freudig. Sie erzählten von der Schule und was Frau Brem zu Mittag gekocht hatte. Joachim war noch nicht da. Wenn er mit den Kindern sprechen wollte, dann musste er spätestens um acht Uhr nach Hause kommen. Er brauchte nun ja keine Rücksicht mehr nehmen und konnte seine Freizeit mit Jennifer verbringen. Er war ihr keine Rechenschaft mehr schuldig. Sie war nicht einmal wütend auf ihn, sie konnte die Kraft dazu nicht aufbringen. »Eigentlich müsste ich ihn hassen. Warum tue ich es nicht?«, fragte sie sich.

Die Kinder fragten sie tausend Dinge. Sie antwortete einsilbig und die beiden beklagten sich, dass Anna ihnen überhaupt nicht zuhöre. »Kann sein«, gab sie zu, »aber heute geht es mir nicht so gut, ich habe gerade ein paar Sorgen.«

Sie beäugten ihre Mutter misstrauisch und fragten, ob sie ein wenig fernsehen dürften. Sie erlaubte es ohne Umschweife. Als Joachim um acht immer noch nicht da war, wusste sie, dass er an diesem Abend nicht mehr mit den Kindern reden würde. Er kam erst kurz nach zehn und meinte, er sei sehr müde und werde sofort schlafen gehen. Er habe noch einmal nachgedacht und werde sich erst am Wochenende mit Julia und Benjamin unterhalten. Vielleicht würde er etwas mit ihnen unternehmen, zum Beispiel Eislaufen gehen – Joachim konnte das sehr gut – und danach noch durch den Park laufen. Dort werde er es ihnen dann sagen, im Freien wäre es vielleicht besser. Anna protestierte, denn sie wäre gerne in der Nähe gewesen, falls die Kinder sie brauchten.

Doch Joachim bestand darauf, es so zu machen, wie er vorgeschlagen hatte. »Ich werde sie anschließend sofort nach Hause bringen. Ich habe kein Recht zu jammern, Anna, aber es fällt mir unsagbar schwer. Auch dass ich von dir weg muss, erscheint mir fast unerträglich. Jetzt wo du Bescheid weißt, wäre es mir am liebsten, ich könnte hierbleiben, im Gästezimmer schlafen und zu Jennifer gehen, wann immer es möglich ist.«

»Ich glaube, das wünschen sich viele Männer«, sagte Anna. »Viele leben auch so, wenn sie genügend Geld haben und die Frauen einverstanden sind.«

»Und du wärst nicht damit einverstanden?«, fragte er lauernd.

»Ich glaube nicht, aber Jennifer ganz bestimmt nicht«, antwortete sie sarkastisch.

»Ich fürchte, da hast du recht«, murmelte er und ging hinauf ins Gästezimmer.

Am Samstagmorgen, während sie gemeinsam frühstückten, machte Joachim den Kindern den besprochenen Vorschlag. Sie waren fassungslos und stimmten begeistert zu. Das Leben war doch voller Überraschungen: Ihr viel beschäftigter Vater, der sich jede Viertelstunde Freizeit mühsam erkämpfen musste, konnte sich plötzlich Zeit nehmen und einen ganzen Vormittag lang mit ihnen Schlittschuhlaufen gehen. Am Ende könnten sie sogar noch in einem Restaurant zu Mittag essen.

»Das wäre der absolute Hit«, freute sich Benjamin.

Joachim sah fragend zu Anna. »Mir wäre es nur recht, ich muss einige dringende Telefonate führen und es wäre schön, wenn ich dazu Ruhe hätte«, stimmte sie zu.

»Du könntest doch in das Restaurant kommen«, schlug Ju-

lia vor, »denn Schlittschuhlaufen kannst du ja nicht so gut.«
Als sie Annas erstaunten Blick auffing, fuhr sie entschuldigend fort: »Nicht so gut wie Papa, meine ich.«

»Nein, Kinder, geht nur mit eurem Vater, dann habt ihr ihn einmal ganz für euch, das ist doch schön.«

Voller Vorfreude auf ihren Ausflug beeilten sich die Kinder mit dem Frühstück und innerhalb einer halben Stunde standen sie fertig angezogen startbereit mit ihren Schlittschuhtaschen in der Diele. Joachim suchte noch nach den Autoschlüsseln und auch seine Schlittschuhe konnte er nicht auf Anhieb finden. Anna öffnete die Haustür und ließ die Kinder hinaustreten. Sie hielt Joachim zurück, als er endlich Schlittschuhe und Autoschlüssel gefunden hatte und ebenfalls hinaus wollte.

»Sag ihnen bitte noch nichts von dem Baby, das kannst du ihnen später erzählen. Das wäre einfach zu viel auf einmal.«

»Das hatte ich ohnehin nicht vor«, sagte er, »so gefühllos bin ich ja nun doch nicht.«

Als sie draußen waren, ging Anna durch das Haus. Sie betrat jedes Zimmer, schüttelte die Betten auf, räumte Spielsachen und Schulhefte zur Seite, schaffte Ordnung im Bad und warf einen Blick ins Gästezimmer. Joachim hatte sein Bett sorgfältig gemacht, seine Kleider vom Vortag hingen ordentlich auf Bügeln an einer Stange, sein Hemd war nirgends zu sehen. Ob er nicht mehr wollte, dass sie oder Frau Brem seine Wäsche wuschen? Sein Aktenkoffer lag auf dem kleinen Schreibtisch vor dem Fenster. Sie tat, was sie noch nie getan hatte – sie öffnete ihn. Papiere, Dokumente, das Protokoll einer Sitzung und einige Fotos in Großformat: Jennifer am Fenster lehnend und über die Schulter in die Kamera schauend, Jennifer am Tisch sitzend, den Kopf in die Hände gestützt, und ein Bild von Joachim und Jennifer, er hatte seinen Arm um sie gelegt und hielt sie ganz eng an sich gedrückt. Er sah sehr glücklich aus. Wer hatte dieses Foto wohl gemacht? Wer wusste bereits von den beiden? War sie die Letzte, die es erfuhr, stimmte dieses Klischee wie so oft auch in ihrem Fall? Seltsamerweise war es ihr egal. Selbst wenn es alle wussten, was änderte das? Gar nichts! Sollten sie es doch wissen und sollten sie ruhig auch wissen, dass sie bis vor ein paar Tagen nichts geahnt hatte. Sollten sie sich doch kaputtlachen über ihre Naivität, über ihre dummen Aussagen bei dem Fernsehinterview, dass ihre Ehe nach zwölf Jahren immer noch glücklich sei. An ihrem Schmerz änderte das nicht das Geringste. Sie blickte sich auch in dem kleinen angrenzenden Badezimmer um. Nur ein paar von Joachims Sachen standen ordentlich auf dem Sims über dem Waschbecken, sein Rasierapparat, Zahnbürste, Zahnpasta und ein Kamm. Weder sein Schlafanzug noch ein Handtuch waren zu sehen. Sicher wollte er die kommende Nacht bei Jennifer verbringen und Zahnputzzeug sowie Rasierapparat waren in der doppelten Ausführung längst auch bei ihr vorhanden.

Würde er dann nie mehr nach Hause kommen, oder nur noch, um seine Sachen abzuholen, vielleicht zu Zeiten, an denen weder sie noch die Kinder zu Hause waren? Anna bekam feuchte Augen. Zuletzt ging sie ins Schlafzimmer und beim Anblick des Ehebettes mit nur einer Bettdecke überkam sie ein solcher Jammer, dass sie schluchzend aufs Bett sank und nicht mehr aufhören konnte zu weinen.

»Was kann ich nur tun?«, wiederholte sie immer wieder. »Ich will doch nicht, dass er geht, ich will es doch nicht.«

Sie war sich keine Sekunde im Zweifel darüber, dass sie mit Joachims Vorschlag, im Gästezimmer zu schlafen und Jennifer jederzeit zu besuchen, einverstanden gewesen wäre. Sie schämte sich nicht einmal dafür. Aber sie wusste auch, dass Jennifer das niemals erlauben würde. Eher würde sie mit Joachim Schluss machen, und deshalb musste er gehen, denn Joachim liebte Jennifer und wollte und konnte nicht mehr ohne sie leben.

Mitten in ihr lautes Schluchzen hinein schrillte das Telefon, und ehe ihr klar war, dass ihre Stimme sich verheult anhören würde, hatte sie schon den Hörer abgehoben. Ihre Freundin Elisabeth war am Apparat.

»Meine Güte, Anna«, rief sie entsetzt, »bist du so erkältet? Deine Stimme klingt, als würdest du mit vierzig Grad Fieber im Bett liegen.«

Anna überlegte kurz. Das wäre natürlich eine glaubhafte Erklärung gewesen, aber sie entschloss sich für die Wahrheit.

Warum sollte sie Verstecken spielen, und schon gar mit ihrer besten Freundin? »Nein«, sagte sie deshalb, »ich bin nicht erkältet. Meine Stimme klingt so, weil ich gerade so weinen muss, weil ich so verzweifelt bin, weil ich nicht mehr ein noch aus weiß. Joachim wird mich verlassen, weil er sich in eine andere verliebt hat und mit ihr leben will.«

Eine Weile blieb es still, nichts rührte sich, dann kam Elisabeths nun ebenfalls tränenerstickte Stimme: »Mein Gott, Anna, sag, dass das nicht wahr ist! Ich habe doch erst gestern Abend dein Fernsehinterview gesehen. Bernd hatte es für mich auf Video aufgenommen, weil ich ein paar Tage verreist war. Spät abends habe ich es mir noch angeschaut, ich fand es gut, sehr gut sogar, du wirktest so souverän und glücklich – und nun das. Seit wann weißt du es?«

»Seit letzten Montag, einen Tag nachdem das Interview gesendet wurde.«

Elisabeth schwieg wieder eine Weile, dann fragte sie: »Bist du gerade alleine, soll ich kommen?«

»Nein, Joachim ist mit den Kindern zum Schlittschuhlaufen, er will ihnen heute sagen, dass er uns verlässt. Ich muss da sein, wenn sie zurückkommen, sie werden mich brauchen. Aber ich rufe dich in den nächsten Tagen an, sobald Joachim ausgezogen ist. Vielleicht brauche ich dich auch bald als Anwältin, für eine Scheidung braucht man schließlich einen Rechtsbeistand, auch wenn man selbst Jurist ist.«

»Ich kann es nicht glauben«, sagte Elisabeth noch einmal, »ich kann es einfach nicht glauben!«

»Danke, dass du telefoniert hast, dein Anruf kam im richtigen Moment. Ich melde mich bei dir.« Anna war dankbar, dass Elisabeth nicht irgendeine Plattheit wie »Kopf hoch!« oder »Du schaffst das schon!« von sich gab.

Diese sagte nichts dergleichen, sondern nur, dass sie auf Annas Anruf warte. »Bei Tag und Nacht, hörst du, wann immer du willst!«

Der Anruf von Elisabeth hatte Anna zwar nicht zu trösten vermocht, doch war sie wenigstens in der Lage, mit dem Weinen aufzuhören. Sie ging ins Bad und wusch sich die verquollenen Augen. Irgendwie muss es weitergehen, dachte sie. Ich habe zwei Kinder, die mich brauchen, ich bin noch jung und habe eine gute Position. Ich bin noch nicht am Ende der Karriereleiter angekommen, das weiß ich. Ich habe mir mein Leben anders vorgestellt, keinesfalls als alleinerziehende Mutter, aber die Situation ist nun einmal so, anders als erwartet, und ich muss damit zurechtkommen. War das nicht immer ihre Stärke gewesen, die Dinge anzunehmen, wie sie nun einmal waren? Damals, als sie zum ersten Mal schwanger geworden war kurz vor dem Staatsexamen, hatte sie da zuerst nicht auch gedacht, dass nun alles zu Ende sei, dass sie entweder eine Abtreibung vornehmen lassen oder das Studium abbrechen oder wenigstens unterbrechen müsste? Sie hatte weder das eine noch das andere getan, sie hatte gekämpft für sich, für ihr Studium und für das Kind. Und als sich das zweite Kind zu einem ebenso ungünstigen Zeitpunkt anmeldete, war es überhaupt keine Frage gewesen, dass sie weitermachen würde.

Sie würde auch jetzt weitermachen, würde versuchen, so intensiv wie möglich für ihre Kinder da zu sein. Und sie würde alles daransetzen, ihnen den Vater zu erhalten. Das hieß, Joachim beim Wort zu nehmen und darauf zu bestehen, dass er sich Zeit für ihre beiden Kinder nahm, nicht nur für das zu erwartende. An einen neuen Mann dachte sie in diesem Augenblick nicht, doch sie kannte sich selbst gut genug, um zu wissen, dass es eines Tages einen oder einige andere Männer geben würde. Es würde nie mehr so sein wie mit Joachim, zu niemandem hätte sie mehr dieses unbeirrte Vertrauen, für niemanden mehr würde sie dieselbe Art von Liebe empfinden – aber vielleicht eine andere. Das größte Problem würden dann wohl die Kinder sein, denn keinem fremden Mann würde sie erlauben, auch nur das Geringste an ihnen auszusetzen zu haben. Obwohl es beim eigenen Vater ganz natürlich war, dass er den Kindern ab und zu die Leviten las, so schien ihr das bei einem Fremden ganz und gar unmöglich.

Anna trug ein wenig Make-up auf, tuschte ihre Wimpern und zog die Lippen nach. Es war fast zwölf Uhr mittags. Ob die Kinder nun schon Bescheid wussten? Ob sie überhaupt noch mit ihm zum Essen gehen wollten, nachdem sie alles erfahren hatten? Anna ging in ihr Arbeitszimmer und ordnete ihre Unterlagen. Einiges steckte sie in ihre Aktenmappe, um es am Montag mit ins Büro zu nehmen. Sie hatte nicht die Unwahrheit gesagt, als sie von zu erledigenden Telefonaten gesprochen hatte, doch verspürte sie plötzlich keine Lust mehr dazu.

Ihr Mobiltelefon klingelte, es war Benjamin. Seine Stimme klang ganz leer und fremd. »Mama«, sagte er, »bitte hol uns ab. Wir gehen nicht mehr essen. Alles ist auf einmal ganz anders. Bitte komm, wir warten vor dem Eisstadion. Wir sind hierher zurückgegangen, weil das Auto hier steht.«

Anna versprach, sofort loszufahren. Sie nahm die nächstbeste Jacke von der Garderobe und stieg in ihr Auto. Es herrschte kaum Verkehr und in weniger als einer Viertelstunde war sie da. Die Kinder warfen sich ihr entgegen und fingen an zu weinen.

»Mama«, weinte Benjamin, »weißt du, dass Papa von uns weggehen will?«

Anna nickte und sah zu Joachim hinüber, der verlegen und völlig hilflos etwas abseits stand. Er zuckte mit den Schultern. »Ich habe versucht, es so schonend wie möglich zu sagen ...«, stammelte er.

»Es gibt Dinge, die kann man nicht schonend sagen, weil sie zu grausam sind.«

»Ich weiß«, sagte Joachim zerknirscht und trat auf die drei zu.

Benjamin wischte sich die Augen aus, doch die Tränen hörten nicht auf zu fließen. »In unserer Klasse haben auch manche Kinder geschiedene Eltern, aber die haben erzählt, dass ihr Vater und ihre Mutter sich fortwährend gestritten hätten, sodass sie sogar froh waren, als sie sich endlich getrennt haben. Aber ihr habt euch doch nie gestritten oder fast nie?«

Anna wusste nicht, was sie darauf antworten sollte. Sie zog ihren Sohn ganz fest zu sich heran und hob ihre Tochter auf ihren Arm. »Hat Papa euch nicht gesagt, dass er weiterhin eu-

88

er Papa bleiben wird und dass ihr ihn ganz oft besuchen werdet und er mit euch in Urlaub fahren wird?«

»Doch«, nickten beide, »aber er wird nicht mehr bei uns wohnen und dann sind wir keine Familie mehr.«

»Natürlich bleiben wir eine Familie. Wenn ihr zum Beispiel Geburtstag habt, wird Papa kommen und mit euch Geburtstag feiern, so wie immer.« Sie sah Joachim beschwörend an. »Außerdem sind wir drei auch eine Familie und wir drei haben jetzt ganz viel zu besprechen, zum Beispiel ob wir in unserem Haus wohnen bleiben oder uns ein anderes, etwas kleineres Haus kaufen wollen. Denn zu dritt müssen wir ja nicht unbedingt solch ein großes Haus haben mit dem großen Garten, der so schrecklich viel Arbeit macht. Über all das müssen wir unbedingt sprechen. Ich schlage vor, wir drei gehen nun in ein Restaurant und essen etwas und Papa erledigt einstweilen zu Hause ein paar Sachen.«

Die Kinder entschieden sich für ein italienisches Lokal und verabschiedeten sich von ihrem Vater. Julia ließ sich wie gewohnt von ihm drücken und küssen, Benjamin dagegen wandte sich ab. Anna sah, dass er wieder anfangen wollte zu weinen. Sie drückte ihn an sich und sagte: »Komm, mein Großer, das Weinen verschiebst du auf später, jetzt gehen wir essen.«

Julia sah sich noch einmal nach ihrem Vater um und winkte ihm zu, er winkte traurig zurück. Armer Joachim, dachte Anna. Das hatte er sich sicherlich nicht so schwierig vorgestellt. Sie wusste, dass er seine Kinder liebte und wie traurig er nun war wegen Benjamin. Sie stellte sich vor, wie er nach Hause fuhr, ein paar Sachen zusammensuchte, die er noch nicht eingepackt hatte, noch einmal in alle Zimmer sah und dann zu Jennifer fuhr. Wahrscheinlich weinte er, so wie sie geweint hatte, und konnte doch nichts daran ändern.

Julia erzählte, dass Papa versprochen habe, sie jeden Tag anzurufen, und dass sie ihn ebenfalls jederzeit anrufen dürfe, wenn sie Lust dazu habe. Er habe seine Telefonnummer auf ihren Schreibtisch gelegt und wenn sie ihn ganz dringend sprechen musste, so dürfe sie ihn sogar im Ministerium anrufen. »Ich habe meinen Papa immer noch sehr lieb«, sagte sie mit Nachdruck, »auch wenn er nicht mehr bei uns wohnt.«

»Das ist auch in Ordnung so«, antwortete Anna und tätschelte Julias Hand.

Als Benjamin, der seine Spaghetti trotz allem mit Appetit aß, fragte, ob Papa heute Nacht schon nicht mehr zu Hause sei, antwortete sie ihm, dass sein Vater nun nie mehr zu Hause schlafen würde. In Benjamins Augen stahlen sich schon wieder Tränen und rollten in dicken Tropfen über seine Wangen. Anna sagte nicht mehr, dass er nicht weinen solle. Sie sah ihrem Sohn geradewegs in die Augen und wiederholte mit Nachdruck, dass das nun eben so sei und sich auch nicht mehr ändern werde. Ihr Vater wohne ab heute nicht mehr bei ihnen, damit müssten sie sich abfinden, auch wenn es noch so wehtat. Sie sagte das, weil sie es, wenn sie es aussprach, auch selbst eher glauben konnte und weil sie hoffte, dass der Schmerz für die Kinder und für sie dann weniger groß sein würde, wenn sie darauf vorbereitet waren, Joachim nicht mehr zu Hause vorzufinden.

Hausbesuch

Eines Morgens im Juli, als sie die Treppe herunterkam und das Wohnzimmer betrat, lag auf der Couch ein Mann. Einen Augenblick stockte ihr der Atem. Sie dachte an Berthold, ihren Freund, aber weshalb sollte er das tun, nachts in ihr Haus schleichen und sich auf das Wohnzimmersofa legen? Der Mann bewegte sich nicht, er schien zu schlafen. Sie überlegte fieberhaft, was sie tun könnte. Sich auf leisen Sohlen wieder hinaus schleichen, in den ersten Stock hinaufgehen und von dort die Polizei anrufen? Sie verwarf den Gedanken. Von dem Schlafenden schien keinerlei Gefahr auszugehen. Leise trat sie an ihn heran. Er lag auf dem Rücken, die Füße hatte er auf dem unteren Seitenteil der Couch abgelegt, er atmete ruhig, mit geschlossenem Mund. Der Mann hatte mittelblondes, kurz geschnittenes Haar, das an manchen Stellen zu ergrauen begann. Er mochte um die vierzig sein.

Sie musste am vergangenen Abend sehr müde gewesen sein, denn sie hatte vergessen, die Rollläden vor dem Wohnzimmerfenster herunterzulassen. So fiel das Morgenlicht ins Zimmer und sie konnte ihn genau betrachten. Die Rollläden vor der Terrassentür waren geschlossen, auch die im Esszimmer und in der Küche. Wenn sie diese nun hochzog, würde er aufwachen. Eine Weile stand sie so vor ihm und musterte ihn eingehend. Dann trat sie auf den Flur hinaus und begutachtete die Haustüre, aber es war nichts Außergewöhnliches an ihr zu sehen. Sie ging in die Toilette, in die Küche, ins Esszimmer, sah auch im Flur nach – alle Fenster waren ordnungsgemäß verschlossen, nichts wies darauf hin, wie er ins Haus gekommen war. Endlich kehrte sie wieder ins Wohnzimmer zurück und stand noch eine Weile unschlüssig da, als er plötzlich die Augen aufschlug und sie erstaunt ansah.

»Verzeihung«, sagte er ein wenig verlegen und richtete sich auf, was nicht auf Anhieb gelang, denn er musste erst seine Füße von der Sofalehne herunternehmen. Schließlich hatte er beide Beine auf dem Boden und saß ratlos vor ihr.

»Was machen Sie hier, in meinem Wohnzimmer, auf meiner Couch? Wie sind Sie ins Haus gekommen?«, fragte sie und stellte fest, dass ihre Stimme ganz heiser war.

»Sie haben Ihren Schlüssel außen in der Haustür stecken lassen und das habe ich von der Straße aus gesehen. Ich dachte, wie leichtsinnig, aber dann …« Er gähnte herzhaft und entschuldigte sich gleich dafür, um fortzufahren: »Ich war so entsetzlich müde. Ich bin den ganzen Tag herumgelaufen und hatte kaum noch Geld. Ich dachte, wenn ich mich nur irgendwo ein bisschen hinlegen könnte, ein wenig schlafen und mich ausruhen, dann ginge es mir vielleicht wieder besser und ich könnte nachdenken, wie es weitergehen soll.«

Sie hatte sich inzwischen in einen Sessel gesetzt und saß ihm nun gegenüber.

»Ich habe meinen Hausschlüssel außen stecken lassen?«, fragte sie. »Wirklich, das ist mir noch nie passiert, noch nie. Und trotzdem ist es unwahrscheinlich, dass man das von der Straße aus sehen konnte. Vom Gehsteig bis zum Haus sind es mindestens drei Meter, da kann man in der Dunkelheit keinen Schlüssel erkennen.«

»Sie vergessen, dass die Straßenlaterne genau auf Ihre Haustüre scheint. Außerdem haben Sie auch das Licht über der Eingangstür brennen lassen – und …«, er räusperte sich, »wenn man auf der Suche ist und auf solche Dinge achtet, sieht man das schon. Zuerst war es auch nur so eine Ahnung, aber dann bin ich durch das Gartentor und nahe an das Haus herangegangen und dann war es tatsächlich so, hier steckte ein Schlüssel.«

Sie überlegte, ob sie ihm sagen sollte, dass sie ihn anzeigen könnte, aber vielleicht wurde er dann gewalttätig, fesselte und knebelte sie, um in aller Ruhe nach Geld und Wertsachen zu suchen. Deshalb sagte sie nur: »Und wie soll es jetzt weitergehen? Was werden Sie jetzt tun?« Er sah sie nachdenklich an, gab aber keine Antwort.

Sie stand auf und zog die Läden der Terrassentür hoch. Der Garten lag bereits in hellem Sonnenlicht, doch die Terrasse, die sich auf der Westseite des Hauses befand, war noch im Schatten. Dennoch war es nun hell genug, um den Mann noch genauer zu sehen. Das Erste, was ihr auffiel, waren seine Augen. Sie waren sehr hell und sie dachte, dass sie noch nie so helle Augen bei einem Menschen gesehen hatte. Sein Gesicht war gebräunt, um den Mund lag ein bitterer Zug, der auch nicht verschwand, wenn er lächelte.

Endlich sagte er: »Ich weiß nicht, was ich tun werde. Ich wollte es mir überlegen, aber leider haben Sie mich gefunden, ehe ich aufgewacht bin … Haben Sie sich sehr erschreckt?«, fragte er unvermittelt.

»Ich dachte zuerst, es sei Berthold, mein Freund, der manchmal hier übernachtet, aber er hat noch nie auf der Couch geschlafen.«

»Hat er einen Schlüssel zu Ihrem Haus?«

»Natürlich.«

Dann fiel ihr auf, dass sie sich jetzt verraten hatte. Er wusste nun, dass sie alleine hier wohnte. Doch es schien ihm nicht aufzufallen, denn er fuhr fort: »Sie hätten leicht die Polizei verständigen können, ich hätte es nicht einmal bemerkt!«

»Das wollte ich nicht«, erwiderte sie. »Aus irgendeinem Grund dachte ich, dass Sie mir nichts tun würden.«

Er lachte ein wenig verlegen und meinte: »Nein, ich tue Ihnen bestimmt nichts – ich bin froh, dass Sie mir nichts tun!« Ein dankbarer Blick traf sie und dann fuhr er ganz naiv fort: »Am liebsten würde ich jetzt gemütlich mit Ihnen frühstücken, dann kann ich vielleicht einen klaren Gedanken fassen, wie es mit mir weitergehen soll.«

»Heißt das, Sie haben die Absicht, länger hierzubleiben, mich womöglich sogar festzuhalten?«

»Nein, um Gottes Willen, niemals, was denken Sie? Ich sagte doch schon, von mir haben Sie nichts zu befürchten. Ich möchte mich nur noch ein wenig ausruhen, vielleicht etwas in den Magen kriegen und dann zu einem Schluss kommen, was ich als Nächstes tun muss, um nicht endgültig in der Gosse zu landen.«

»Es geht Ihnen also schlecht, Sie sind sozusagen in Not?«

»In Not, ja, so kann man das nennen. Ich bin in Not. Ich kann Ihnen gerne die ganze Geschichte erzählen, aber das dauert eine Weile und ich weiß nicht, ob Sie wirklich daran interessiert sind. Vielleicht müssen Sie ja auch zur Arbeit?« Er sah sie von der Seite an. »Sie arbeiten doch? Ich denke, Sie sind etwas älter als ich, aber noch nicht im Ruhestand.«

»Danke für das Kompliment«, sagte sie sarkastisch. »Um es genau zu sagen: Ich bin dreiundfünfzig und natürlich arbeite ich, aber ich habe viele Überstunden und die gleiche ich im Moment aus.«

»Überstunden«, meinte er bitter, »ich wünschte, ich könnte Überstunden machen! Ich würde sie noch nicht einmal aus-gleichen, ich würde sie glatt verschenken.«

»Ich mache Ihnen einen Vorschlag«, sagte sie, ohne weiter auf seine Bitterkeit einzugehen. »Sie gehen jetzt nach oben, nehmen ein Bad oder eine Dusche und rasieren sich. Ich be-reite einstweilen das Frühstück.« Sie sah, wie sich seine Miene aufhellte, als er aufstand und nach seiner Tasche griff, die er neben der Couch abgestellt hatte. »Rasierzeug habe ich leider keines«, erklärte sie.

Er deutete auf seine Tasche. »Zahnbürste und Rasierapparat habe ich stets bei mir.«

»Umso besser. Wenn Sie möchten, können Sie mir Ihr T-Shirt geben, ich kann es für Sie waschen. Irgendwo finden wir bestimmt etwas Frisches für Sie, einige Sachen von meinem Freund müssten hier sein. Sie können ein Hemd oder T-Shirt nehmen.«

»Das wäre Ihrem Freund aber sicher gar nicht recht.«

»Er weiß es ja nicht und er braucht es auch nicht zu erfah-ren, nicht wahr?«

Als der Mann an ihr vorbeiging, war sie überrascht, dass er sie kaum überragte. Sie hatte ihn für größer gehalten. An der

94

Tür sah er noch einmal zu ihr hinüber, schüttelte ungläubig den Kopf und meinte: »Warum tun Sie das, warum werfen Sie mich nicht einfach raus? Ich würde sofort gehen!«

»Das glaube ich Ihnen sogar, aber mich interessiert, was hinter der Sache steckt. Man geht nicht einfach nachts in ein fremdes Haus, und wenn hundertmal ein Schlüssel von außen steckt, es sei denn, man ist ein Einbrecher oder ein Dieb. Immerhin haben Sie einiges dabei riskiert. Ich hätte Sie hören können und schreien oder die Polizei rufen. Dann säßen Sie jetzt schön in der Klemme!«

»Ich war sehr vorsichtig«, schmunzelte er. »Ich habe die Haustüre leise aufgesperrt und gelauscht. Im Haus war es ganz dunkel, kein Laut war zu hören. Dann habe ich lautlos die Tür geschlossen und mich in der Dunkelheit zur Treppe getastet. Im ersten Stock fiel das Licht der Straßenlaterne durch ein Fenster ins Treppenhaus und ich konnte zumindest Umrisse erkennen. Auch durch das Fenster im Bad kam Licht, die Badezimmertür stand offen. Die Tür zum Zimmer links vom Bad stand ebenfalls offen und auch dort waren die Rollläden nicht heruntergelassen. So konnte ich sehen, dass dieser Raum leer war. Nur die Tür zu Ihrem Schlafzimmer war geschlossen.«

»Sie waren in meinem Schlafzimmer?«, rief sie entsetzt. »Oh Gott, wenn ich mir das vorstelle!«

»Nein«, beschwichtigte er, »ich habe nur die Tür einen winzigen Spalt aufgemacht. Weil die Läden geschlossen waren, konnte ich überhaupt nichts sehen, aber ich hörte Ihre tiefen, ruhigen Atemzüge.«

Ruhige Atemzüge?, dachte sie. Jeder, der mit ihr ein Zimmer teilte, beschwerte sich, dass sie unerträglich schnarche. Auch Berthold hatte dies wiederholt gesagt, doch er beklagte sich nie, denn erstens schnarchte er auch und zweitens störte es ihn nicht, denn wenn er einmal eingeschlafen war, schlief er tief und fest.

»Und daraus haben Sie geschlossen, dass Sie von mir nichts zu befürchten haben?«, fragte sie.

»Ich habe gar nichts gedacht, ich fühlte nur meine Müdigkeit. Ich wollte bloß ein wenig schlafen, sonst nichts. Also bin ich die Treppe wieder hinuntergeschlichen, habe die Wohnzimmertür geöffnet und sogar kurz Licht gemacht, um mich zu orientieren. Dann habe ich mich zur Couch vorgetastet und bin sofort eingeschlafen. Ja, und so haben Sie mich gefunden. Natürlich hatte ich gehofft, aufzuwachen, ehe Sie herunterkommen würden, aber leider …«

»Sie haben wirklich gut geschlafen, schließlich war ich, ehe ich Sie fand, im Bad und bin oben hin und her gegangen. Und ich war nicht besonders leise. Dass Sie im Haus sind, konnte ich ja nicht wissen«, lächelte sie. »Dennoch sind Sie nicht aufgewacht!«

Er grinste verlegen zurück. Wieder ernst werdend antwortete er: »Nein, aber wie gesagt war ich entsetzlich müde.« Mit einem kleinen Ruck wandte er sich der Treppe zu. »Ich gehe jetzt nach oben, um zu duschen. Würden Sie mir wirklich ein T-Shirt von Berthold leihen?«

»Woher kennen Sie seinen Namen?«, fragte sie erstaunt.

»Sie haben ihn selbst erwähnt, als Sie ins Zimmer kamen. Sie glaubten zuerst, ich sei Berthold, Ihr Freund.«

Ja, das hatte sie gesagt, nun erinnerte sie sich. Sie gingen zusammen die Treppe hinauf und er steuerte auf das Badezimmer zu. Sie legte ihm Handtücher heraus sowie ein kleines Stück Seife, wie man sie in Hotels bekommt. Dann ging sie ins Gästezimmer, holte ein dunkelblaues Polohemd und ein graues T-Shirt aus dem Schrank und hielt ihm beides hin. Sie hoffte, er würde sich für das dunkelblaue Kleidungsstück entscheiden, denn es müsste gut zu seinen Haaren und den hellen Augen passen. Er nahm das graue.

»Dunkelblau und Schwarz mag ich nicht«, erklärte er. »Ich weiß auch nicht, warum. Früher habe ich sehr auf meine Garderobe geachtet. Ich habe gerne hellblaue oder weiße Hemden getragen und graue Anzüge, manchmal waren sie auch braun oder beige, nur nie dunkelblau oder gar schwarz.«

Sie gab ihm das graue T-Shirt und fragte, ob er alles habe. Nein, seinen Rasierapparat und seine Zahnbürste brauche er noch aus der Tasche im Wohnzimmer, die er, obwohl er sie schon in der Hand gehabt hatte, dort wieder abgestellt hatte. Er lief schnell hinunter und holte das Benötigte. Bei seiner Rückkehr stand sie noch immer in der Tür des Badezimmers und sah ihm entgegen. Er musterte sie eindringlich. Plötzlich füllten sich seine Augen mit Tränen und er schlug, beinahe wie eine Frau, seine Hände vors Gesicht. Sie sagte nichts, rührte sich jedoch nicht von der Stelle. Sie wartete ruhig, bis er sich wieder ein wenig gefangen und die Tränen abgewischt hatte.

»Nehmen Sie sich Zeit«, sagte sie dann, »wir haben keine Eile. Ich gehe jetzt nach unten und bereite das Frühstück vor und danach sehen wir weiter.«

Sie fragte, ob er Tee oder Kaffee zum Frühstück wünsche, ein Ei vielleicht? Wurst habe sie nicht im Haus, aber Marmelade, Käse, Quark, Müsli und Brot. Er meinte, er wäre mit allem zufrieden und er bevorzuge Kaffee. Mit diesem Auftrag schloss sie die Tür und ging nach unten.

Sie hantierte eine Weile in der Küche, räumte jenes hierhin, anderes dorthin, schnitt Brot, bereitete Quark zu mit klein geschnittenen Zwiebeln, Schnittlauch und Gewürzen, stellte selbst gemachte Himbeermarmelade und Brombeergelee auf den Tisch sowie Butter und Käse, setzte Wasser für die Eier auf und kochte den Kaffee. Als der Tisch gedeckt war und alles für ein gutes Frühstück bereitstand, wollte sie nach ihm rufen. Da fiel ihr die Glocke ein, die im Flur an der Wand hing und mit der man die Hausbewohner zum Essen herbeiklingeln konnte. Berthold hatte sie ihr einmal geschenkt, aber sie hatte nie Gelegenheit gehabt, sie zu benutzen. Wenn er da war, war Berthold immer in der Nähe, meistens kochten sie zusammen oder er half wenigstens, indem er Kartoffeln schälte, den Salat zubereitete oder den Tisch deckte. Auch wenn sie mal Gäste hatte, die über Nacht blieben, so mussten diese nie mit der Glocke gerufen werden. Sie waren meist schon unten, noch ehe das Frühstück fertig war. Doch heute würde sie zum Einsatz kommen. Sie trat hinaus und läutete kräftig. Oben ging die Badezimmertür auf und ihr Besucher fragte: »Gilt das mir?«

»Wem sonst?«, rief sie zurück.

»Kann ich das Fenster im Bad öffnen?«

»Ja, aber machen Sie die Tür zu, sonst zieht es überall im Haus.«

Sie hörte, wie er das Badfenster öffnete und die Tür schloss, dann kam er die Treppe herunter. Die Spuren seines Schwächeanfalles waren beseitigt, seine Augen nicht mehr verquollen. Er wirkte jünger, seine Haut erschien nicht mehr so dunkel und sein Gesichtsausdruck offener, um seinen Mund spielte ein kleines Lächeln. »Oh«, sagte er überrascht, als er den gedeckten Frühstückstisch sah.

Sie wies auf einen Stuhl an der Stirnseite des Tisches und setzte sich dann ihm gegenüber an die Längsseite. So saßen sie nicht zu dicht beieinander, aber auch nicht zu weit voneinander entfernt, und man konnte sich gut unterhalten. Sie forderte ihn auf, zuzugreifen und goss ihm Kaffee ein. Er begann zuerst sein Ei zu essen. »Genau richtig«, sagte er. »Danke.«

Eine Weile schwiegen sie. Ihr Gast konnte kaum verhehlen, wie hungrig er war. Man sah ihm an, dass er am liebsten alles auf einmal verschlungen hätte und es ihn große Mühe kostete, langsam und gemäßigt zu essen.

»Normalerweise frühstücke ich an so einem herrlichen Tag draußen«, begann sie, »aber heute wäre das ziemlich unpassend, fürchte ich.«

»Drinnen fühle ich mich wohler«, entgegnete er. »Sicherer«, verbesserte er sich.

Nachdem sein größter Hunger gestillt war, legte er das Besteck zuweilen beiseite und vermied es, ununterbrochen zu kauen. In eine Essenspause hinein sagte er: »Ich habe mich noch nicht einmal vorgestellt. Ich heiße Michael Breitner. Ihren Namen habe ich draußen auf dem Namensschild gelesen. Aber Ihren Vornamen kenne ich nicht.«

»Ingrid«, sagte sie, »Ingrid Ortner.«

»Ingrid«, wiederholte er. »Meine Mutter heißt so.«

»Ja, der Name ist etwas altmodisch. Als ich geboren wurde, war er eigentlich schon nicht mehr en vogue, aber meine Mutter hätte gerne Ingrid geheißen, das hat sie mir oft gesagt. Ich glaube, es war wegen Ingrid Bergman – alle Frauen wollten damals so aussehen wie Ingrid Bergman. Deshalb hat sie mich so genannt.«

Er ging nicht weiter darauf ein. Stattdessen fragte er unvermittelt: »Warum tun Sie das alles für mich, Ingrid? Sie bereiten mir ein Frühstück, lassen mich Ihr Badezimmer benutzen, leihen mir Bertholds T-Shirt. Immerhin bin ich, fast könnte man sagen, bei Ihnen eingebrochen, habe Ihnen einen riesigen Schrecken eingejagt und trotzdem ...«

»Ich weiß es eigentlich selber nicht. Aber ich sagte ja schon, dass ich wissen will, was hinter der ganzen Sache steckt. So etwas tut man nicht einfach so, nur weil man müde ist. Ich denke, dahinter steckt eine furchtbare Verzweiflung. Wie bei dem Spruch ›Mit dem Mut der Verzweiflung‹ – so kommt mir das vor.«

Er seufzte tief und wiederholte dann: »Mit dem Mut der Verzweiflung? Ja, genauso ist es! Vielleicht hatte ich auch gehofft, man möge mich erwischen, dann käme ich ins Gefängnis und hätte dort wenigstens ein Dach über dem Kopf und etwas zu essen. Freilich habe ich das nicht bewusst gedacht, aber solche Dinge geschehen oft im Unterbewusstsein. Man will sie nicht wirklich und doch tut man sie.«

»So sehe ich das auch«, meinte sie.

»Wollen Sie wirklich die ganze Geschichte hören? Ich fürchte, dann sitzen wir heute Abend immer noch hier. Und was machen wir, wenn Berthold kommt?«

Es amüsierte sie, dass er beharrlich von »Berthold« sprach, so als kenne er ihn, statt von ihrem Freund oder ihrem Mann zu sprechen. »Berthold ruft immer an, ehe er kommt, er weiß schließlich, was sich gehört. Er kommt nicht einfach so, ohne sich anzukündigen. Aber meistens vereinbaren wir unser nächstes Treffen bereits, wenn wir uns sehen.«

»Sie wissen also, wann mit ihm zu rechnen ist?«

Sie nickte. Eine Weile schwiegen sie wieder. Er begann noch mal zu essen, lobte den Kaffee, er sei nicht zu stark und habe ein gutes Aroma, um erneut nachzuhaken: »Berthold ist also nicht zu erwarten? Dann könnte ich ja mein Schicksal, und ich sehe es als Schicksal, erzählen.«

»Ich glaube, es ist die einzige Möglichkeit, damit ich Sie verstehen kann«, sagte sie. »Aber zuerst räume ich den Tisch ab.«
Schließlich, als jeder nur noch seine Tasse vor sich hatte, die
Kaffeekanne und Milch hatte Ingrid auf der Mitte des Tisches
stehen lassen, sah sie ihn ermunternd an. Und als er keine Anstalten machte, zu sprechen, befahl sie: »Also los, fangen Sie
an!«

»Ich bin Diplomingenieur für Elektrotechnik. Ich habe in
einem Ingenieurbüro gearbeitet, wir waren zehn Kollegen:
Ingenieure, Elektrotechniker, Bauingenieure, Maschinenbau-
er und der Chef. Ich habe sehr gut verdient und meine Arbeit
machte mir Spaß. Ich war verheiratet und habe zwei Kinder,
ein Junge und ein Mädchen, sie sind dreizehn und elf Jahre alt,
aber ich habe sie seit einem Jahr nicht mehr gesehen. Alles lief
gut, meine Frau und ich verstanden uns. Es war nicht mehr
die große Leidenschaft, aber wir waren seit fünfzehn Jahren
verheiratet, da nützt sich die Liebe halt etwas ab.«

Er hielt inne und sah Ingrid an, so als wolle er herausfinden,
wie sie über ihn dachte. Sie versuchte ein neutrales Gesicht zu
machen, nicht erstaunt und nicht zu teilnahmsvoll zu blicken,
nur interessiert. Er hob die Schultern und ließ sie wieder sinken. »Was soll ich sagen? Irgendwann habe ich angefangen,
meine Frau zu betrügen. Zuerst waren es nur gelegentliche
Affären, sie gingen fast nie über einen Tag oder eine Nacht
hinaus. Ich konnte sie auch gut vor meiner Frau verbergen,
denn meistens geschahen diese Begegnungen, wenn ich auf
Dienstreisen war. Dann nahm ich mir einen Nachmittag frei,
um mit einer Frau hinaus aufs Land zu fahren. Ich war dabei
immer sehr vorsichtig, benützte stets ein Kondom, nicht nur
wegen Aids oder anderen Krankheiten, ich wollte auch nicht
das Risiko einer Schwangerschaft eingehen. Doch dann begann ich ein Verhältnis mit einer Angestellten unserer Firma,
einer hübschen jungen Frau, sie war technische Zeichnerin.
Wir arbeiteten eng zusammen, sie war oft in meinem Auftrag
tätig. Und eines Abends, nach einer Betriebsfeier, bot ich ihr
an, sie nach Hause zu fahren. Sie hatte zwar ein eigenes Auto,
das sie aber an diesem Tag nicht benützte. Sie nahm mein An-

gebot an, und als wir vor ihrer Tür standen und sie aussteigen wollte, fragte ich sie, ob ich nicht noch auf einen Sprung in ihre Wohnung kommen könnte.«

»Sie haben gefragt, nicht die junge Kollegin?«, wollte Ingrid wissen.

»Ja, ich habe gefragt und ich wusste auch genau, warum! Ich wollte sie ins Bett kriegen.«

»Das heißt, Sie haben vorsätzlich gehandelt?«

»Ja, mit voller Absicht«, antwortete er. »Wie ich sehe, ist das auch für Sie wichtig. Für meine Frau war es das übrigens auch. Ja«, er nickte bestätigend mit dem Kopf, »meine Frau fand das geradezu entscheidend. Und das war es wohl auch, denn die Kollegin hatte keinerlei Anstalten gemacht, mich zu verführen. Ich fürchte, sie war damals schon in mich verliebt und wollte nicht, dass dies offensichtlich wurde, schließlich war ich verheiratet und Vater.« Er strich sich fahrig über das kurz geschnittene Haar. »Nun gut, sie sagte also, wenn es nur auf einen Sprung sei, habe sie nichts dagegen. So gingen wir hinauf. Sie wohnte in einem Altbau im zweiten Stock, das Haus hatte keinen Lift. Die Wohnung war gemütlich, es roch angenehm nach Pflanzen und Kräutern. Dennoch öffnete sie die Balkontür, sie meinte, die Luft in der Wohnung sei etwas stickig. Es war Oktober und noch nicht sehr kalt. Während sie da in der offenen Balkontüre stand, sah sie so jung, so rührend und so sexy aus, und ich wusste, dass es nicht schwer sein würde, sie dazu zu bringen, mit mir zu schlafen. Ich ging einfach zu ihr hin, küsste sie auf den Mund und fuhr dabei ganz leicht mit der Hand zwischen ihre Beine. Es war nur eine kurze, flüchtige Berührung und dennoch zuckte sie wie elektrisiert zusammen. Sie wollte mir keinen Alkohol anbieten, schließlich müsse ich noch fahren und ich hätte schon genug in der Firma getrunken. Ich hob ihren Kopf und sah ihr in die Augen. Sie versuchte mir auszuweichen und murmelte, sie wolle Saft aus der Küche holen. Ich sagte ihr, dass sie mir gerne ein Bier oder ein Glas Wein geben könne, denn ich würde ohnehin nicht mehr nach Hause fahren. Und als sie fragte: ›Und deine Frau?‹, da dachte ich, dass mir das egal ist, was meine Frau dazu sagt. Meine Frau war mir zum ersten Mal nicht mehr wichtig«, sagte er und nahm einen Schluck aus der Kaffeetasse. »Verstehen Sie, es war für mich ohne Bedeutung. Ich wollte diese junge Frau so sehr, ich wollte mit ihr schlafen, wollte hunderte Male in sie eindringen – und nichts und niemand hätte mich davon abbringen können.«

Sein Blick hatte nun etwas Schuldbewusstes, Trauriges. Ingrid fürchtete schon, er könnte wieder in Tränen ausbrechen, doch er fuhr mit fester Stimme fort: »Kennen Sie das, wenn man mit jeder Faser seines Körpers nur das Eine will, wenn jeder Muskel gespannt ist und nur darauf wartet, sich zu entladen? Bei mir war das so – und dennoch war mir im gleichen Augenblick bewusst, dass ich für dieses Mädchen niemals meine Frau verlassen würde. Ich wusste, dass ich sie nicht liebte, nicht für immer mit ihr zusammen sein wollte. Ich wusste aber auch, dass es nicht die übliche einmalige Episode sein würde. Ich wollte sie länger haben, sie auskosten, alles aus ihr herausholen, was es in puncto Sex aus einer Frau herauszuholen gibt. Ich wollte sie mir untertan, mir hörig machen, so lange bis ich genug von ihr hatte, um dann geläutert und wie Phönix aus der Asche ganz zu meiner Frau zurückzukehren.«

Er machte eine Pause und sah Ingrid eindringlich an, so als wolle er sie auffordern, etwas zu sagen. Als er hartnäckig schwieg, fragte sie schließlich: »Sie wollten zu Ihrer Frau zurückkehren? Heißt das, Sie wollten Ihrer Frau alles beichten und waren sicher, dass sie Ihnen verzeihen würde?«

»Ja, genau das wollte ich. Ich wollte es ihr nicht gleich sagen, zuerst würde ich mich noch mit Lügen herausreden können, aber irgendwann, wenn ich von Melanie, der jungen Kollegin, genug hatte, würde ich meiner Frau alles sagen. Ja, und ich war felsenfest davon überzeugt, sie würde mir verzeihen.«

»Das hat sie aber nicht getan?«

»Nein, hat sie nicht.«

Wiederum trat Schweigen ein. Ingrid versank in Gedanken. So abwegig war seine Hoffnung nicht gewesen. Sie erinnerte sich daran, wie sie damals dahintergekommen war, dass ihr

Mann sie betrog. Sie hatte gezetert und geschrien und wäre trotzdem bereit gewesen, ihm alles zu verzeihen, wenn er nur einmal gesagt hätte, dass es ihm leidtue und er so etwas nie wieder tun wolle. Aber er hatte es nicht gesagt, er war zu der anderen gegangen und hatte sie einfach stehen lassen. Damals war sie zum ersten Mal froh gewesen, dass sie keine Kinder hatten. Früher hatte sie immer unter ihrer Kinderlosigkeit gelitten. Nicht auszudenken, wozu sie sonst bereit gewesen wäre. Sie hätte alles in Kauf genommen, sogar eine Geliebte, denn mit Kindern alleine zu bleiben, das hätte sie niemals gekonnt. Aber auch so hätte sie ihm verziehen. Sie liebte ihren Mann, sie war gerne mit ihm zusammen, sie hatten viele gemeinsame Interessen und langweilten sich nicht miteinander. Doch er wollte gar nicht, dass sie ihm verzieh. Er wollte mit einer anderen leben, mit ihr glücklich sein, wie er sich ausgedrückt hatte.

Ihr fiel auf einmal auf, dass sie schon lange nicht mehr an ihren Ex-Mann gedacht hatte. Als er damals gegangen war und ihr das Haus, die Möbel, eigentlich alles überlassen hatte, nur um nicht mit ihr streiten zu müssen, nur um schnell fortzukommen, war eine Welt für sie zusammengebrochen. Und als er einige Wochen später die Scheidung begehrt hatte, war sie noch verzweifelter gewesen. Sie hatte ihn angerufen, ihn gefragt, ob es denn gar kein Zurück mehr gäbe, ob er es sich nicht noch einmal überlegen wolle, sie seien doch glücklich gewesen in den fünfzehn Jahren, die sie miteinander verheiratet waren. »Glücklich?«, hatte er bitter gelacht. »Ich war schon lange nicht mehr glücklich. Ich weiß gar nicht, wann ich zuletzt mit dir glücklich war.«

Die Tränen waren ihr geradezu aus den Augen gestürzt, als er das sagte. Doch er war dabei geblieben: Er wollte die Scheidung. Er wollte auch alle Schuld auf sich nehmen, wollte zugeben, dass er eine andere Frau liebte, und war bereit, Unterhalt zu zahlen, damit sie das Haus erhalten konnte. Doch das wollte Ingrid nicht. Sie wollte das Haus behalten und die Möbel, die ohnehin zum größten Teil ihr gehörten, aber Unterhalt wollte sie von ihm nicht. Sie hatte vor, sich um eine besser bezahlte Stelle zu bemühen, eventuell würde sie sogar untervermieten, doch Unterhalt würde sie keinen annehmen, denn das hätte bedeutet, dass sie immer wieder Kontakt zu ihm haben müsste. Nein, er war gegangen, hatte sie verlassen, nun sollte er seine Scheidung haben. Aber das sollte dann auch das Ende sein. Sie wollte ihn nicht mehr sehen und nichts mehr von ihm hören. Sie hatte sich an den Computer gesetzt und ihm geschrieben, dass sie mit einer Scheidung einverstanden sei, dass sie das Haus behalten wolle und er gerne einige jener Möbelstücke, die sie im Laufe ihrer Ehe gemeinsam angeschafft hatten, haben könne – aber sie wolle keinen Unterhalt. Es sei ihr auch egal, wie das Scheidungsurteil letzten Endes laute und wer die Schuld übernahm. Das alles sei ihr herzlich wurscht, so hatte sie geschrieben, was zähle, sei die Tatsache, dass er sie verlassen habe und nicht mehr mit ihr leben wolle, alles andere sei ohne Bedeutung. Außerdem wolle sie bei der Scheidungsverhandlung möglichst nicht dabei sein, sie werde sich auch keinen eigenen Anwalt nehmen. Sie sei mit allem einverstanden, was immer er zu tun gedenke, und sie werde jedes verdammte Scheidungspapier unterzeichnen, aber dann wolle sie in Ruhe gelassen werden.

Nach ein paar Wochen waren die Papiere angekommen. Sie hatte sie unterzeichnet, ohne sie zu lesen. Sie las nur den beigelegten, mit der Hand geschriebenen Zettel, auf dem er ihr mitteilte, dass sie bei dem später stattfindenden Scheidungstermin nicht anwesend zu sein brauchte, man werde eine Lösung finden. Kurze Zeit danach hatte man ihr das Scheidungsurteil zugesandt. Sie hatte es zu den anderen Papieren in den inzwischen angelegten Ordner, den sie »Ortner gegen Ortner« beschriftet hatte, gelegt. Sie hatte damals halbe Nächte wach gelegen und sich immer wieder gefragt, wie das hatte passieren können und warum sie keinerlei Veränderung festgestellt hatte. Vielleicht, wenn sie gleich zu Anfang seiner neuen Beziehung etwas bemerkt hätte, vielleicht wäre dann ihre Ehe noch zu retten gewesen?

Vierzehn Jahre war das nun her, knapp vierzig war sie damals gewesen. Etwa ein Jahr nach der Scheidung hatte sie ein

Schreiben von einem Notar erhalten, woraus hervorging, dass sie nunmehr als alleinige Eigentümerin des Hauses eingetragen sei und somit alle damit verbundenen Verpflichtungen zu ihren Lasten gingen. Von da an erhielt sie regelmäßig Bescheide über Grundsteuer, Müllentsorgungsgebühren, Kosten für den Kaminkehrer und sonstige Leistungen. Es war ihr völlig entgangen, dass ihr Mann diese Rechnungen immer noch bezahlt hatte. Sie wusste nichts von ihm, weder wo er wohnte noch mit wem, und auch nicht, wie es ihm ging. Sie wollte es auch nicht wissen.

Vor etwa zehn Jahren hatte sie Berthold kennengelernt, bei einem Bootsausflug auf der Elbe. Sie waren jeweils alleine gekommen und hatten im Laufe eines kurzen, belanglosen Gespräches festgestellt, dass sie beide in München wohnten. Als sie auseinandergingen, hatte Berthold gefragt, ob er sie in München einmal anrufen könne. Sie hatte ihm ihre Telefonnummer gegeben und kurz darauf fingen sie an, sich regelmäßig zu treffen. Und so war es seither geblieben. Sie sahen sich ein oder zwei Mal in der Woche. Meistens kam Berthold zu ihr und sie verbrachten die Zeit in ihrem Haus oder sie unternahmen etwas zusammen. Noch nie hatte einer von ihnen über ein gemeinsames Leben gesprochen, nie hatte einer den Wunsch geäußert, zusammenwohnen zu wollen oder gar zu heiraten – und dennoch schien es für beide klar zu sein, dass sie zusammenbleiben wollten. Ingrid lächelte, als ihr all das durch den Kopf ging. Wie weit das alles weg war, ihre Ehe und die Trennung, die sie geglaubt hatte nie überwinden zu können. Sie war sich heute gar nicht mehr sicher, ob sie ihren Mann wirklich geliebt hatte. Sie war so jung gewesen, es schien damals so selbstverständlich, dass sie heirateten. Und Berthold, liebte sie ihn? Sie freute sich, wenn er anrief, wenn er kam, wenn sie miteinander schliefen, zusammen etwas unternahmen. Sie machten gerne lange Wanderungen zusammen, liefen im Winter gerne Ski, hatten einen netten gemeinsamen Freundeskreis. Was würde sie tun, wenn Berthold eines Tages sagen würde, er wolle sie nicht mehr treffen? Wäre sie genauso verletzt wie damals, als ihr Mann gegangen war? Sie wusste es nicht. Irgendwie glaubte sie nicht, dass Berthold sie verlassen würde.

»Ingrid?« Michael Breitners Stimme riss sie aus ihren Gedanken. »Jetzt waren Sie aber weit weg«, sagte er.

»Ja, ich habe über das nachgedacht, was Sie gesagt haben: Dass Sie überzeugt waren, Ihre Frau würde Ihnen verzeihen. So abwegig ist das nicht, denn als mein Mann mich damals nach fünfzehn Jahren Ehe verließ, hätte ich ihm gerne alles nachgesehen. Ich hätte ihm verziehen. Das ist mir gerade durch den Kopf gegangen.«

»Aber?«, fragte er.

»Aber er wollte gar nicht, dass ich ihm verzeihe. Er wollte weg, mit einer anderen Frau zusammenleben, es interessierte ihn gar nicht, ob ich ihm verzeihen würde.«

Michael sah sie nachdenklich an. »Ja, aber bei mir war das eben nicht so.« Und als habe sie ihn aufgefordert, weiterzusprechen, fuhr er fort: »Ich bin nach jener ersten Nacht mit Melanie nicht nach Hause gefahren, ich fuhr von ihrer Wohnung aus direkt ins Büro. Ich war sehr früh dort, denn ich wollte mich vor dem offiziellen Arbeitsbeginn bei meiner Frau melden, ehe sie vielleicht einen Kollegen oder eine Sekretärin besorgt nach mir fragen konnte. Es war halb sieben und sie war wohl gerade erst aufgestanden und hatte meine Abwesenheit noch kaum bemerkt. Es kam öfter vor, dass es abends spät wurde, weshalb sie sich keine großen Sorgen gemacht hatte, als ich nicht nach Hause gekommen war. Ich erzählte ihr eine Geschichte, dass ich am Abend vorher sehr lange gearbeitet hätte und danach noch mit einem Kollegen versackt sei. Und da es dann plötzlich schon so spät gewesen sei, habe ich sie nicht aus dem Schlaf reißen wollen, um ihr zu sagen, dass ich ausnahmsweise im Büro übernachten würde. Sie war völlig arglos und glaubte mir jedes Wort. Ich kam mir ziemlich schäbig vor und war mir plötzlich gar nicht mehr so sicher, ob ich meiner Frau je von meiner Untreue berichten würde. Als sie so voller Vertrauen und ohne jeden Argwohn meine Geschichte anhörte, liebte ich sie dafür, und ich wusste, dass ich sie um keinen Preis verlieren wollte. Ich war fast schon entschlossen, Melanie sofort zu sagen, dass dieser Vorfall der einzige bleiben müsse und wir uns nicht mehr treffen könnten.

Aber dann kam sie ins Büro, so jung, so unschuldig, so rührend bemüht, sich nichts anmerken zu lassen und ganz geschäftsmäßig zu tun. Dennoch warf sie mir manchmal, wenn sie sich unbeobachtet fühlte, sehnsüchtige Blicke zu, bei denen unsere wilde Nacht wieder lebendig vor mir stand. Dieses Verhalten rief eine solche Begierde in mir hervor, dass ich so oft es nur ging, ohne die Aufmerksamkeit der anderen zu erregen, sie kurz berührte oder nahe an ihr vorbeiging und sie dabei mit meinem Unterleib streifte. Ich spürte ihre Erregung, als ich ihr so nahe war, und wären wir alleine gewesen, so hätte ich sie auf den Fußboden geworfen und wäre in sie eingedrungen.

Mittags ging ich sonst meistens mit anderen Kollegen zusammen zum Essen. An diesem Tag jedoch gab ich vor, etwas besorgen zu müssen, und machte Melanie ein Zeichen, mich eine Straße weiter zu treffen. Ich sah sie schon von Weitem. Als sie mich entdeckte, begann sie zu laufen und stürzte sich in meine Arme. Sie küsste mich wie eine Ertrinkende und ich hatte Mühe, sie abzuwehren. Ich befürchtete, jemand aus der Firma könnte uns sehen, deshalb zog ich sie mit mir fort. In der Nähe kannte ich ein Lokal, das erst am Abend öffnete, aber ich wusste, dass man durch eine meist unverschlossene Nebentür in den Keller des Hauses gelangen konnte. Dorthin führte ich Melanie, und die Tür war tatsächlich offen. Wir gingen hinunter in den Keller und fielen dort übereinander her wie Tiere. Zurück auf der Straße trennten wir uns. Ich ging noch eine Weile spazieren, während Melanie sich sofort ins Büro begab, sodass niemand auf den Gedanken kam, wir seien zusammen unterwegs gewesen.

Als ich an diesem Abend nach Hause kam, hatte ich meine Frau bereits drei Mal betrogen. Am Tag zuvor war ich als zumindest nach außen hin unbescholtener Ehemann aus dem Haus gegangen, hatte mich liebevoll von meiner Frau und den

Kindern verabschiedet und keine Ahnung, in welch chaotischem Zustand sich mein Leben nur einen Tag danach befinden würde. Meine Frau fragte mich, ob es denn wenigstens nett gewesen und mit welchem Kollegen ich zusammen gewesen sei. Ich sagte ja, es sei nett gewesen, dennoch habe es sich nicht gelohnt, sich die halbe Nacht um die Ohren zu schlagen, und den Kollegen kenne sie nicht, er sei neu in der Firma. Sie fragte nicht weiter, es gab auch andere Dinge zu besprechen, es ging um die Kinder. Bald darauf erklärte ich, dass ich sehr müde sei und früh schlafen gehen wolle, um am nächsten Morgen wieder fit zu sein. Meine Frau bemitleidete mich. ›Du Armer!‹, sagte sie und gab mir einen Kuss. Ich schämte mich schrecklich! Dennoch rief ich vom Schlafzimmer aus Melanie an, nur um ihr mitzuteilen, dass wir die nächsten Abende nicht zusammen verbringen konnten. Vielleicht könnten wir uns aber einmal unbemerkt verdrücken und im Aktenkeller der Firma treffen. Sie war mit allem einverstanden, wenn sie mich nur ›haben konnte‹, wie sie sagte.«

Michael machte eine Pause und sah Ingrid eindringlich an. Er wirkte erschöpft, so als strenge ihn die Schilderung jener Ereignisse sehr an.

»Sie müssen nicht weitersprechen, wenn Sie das Vergangene so belastet«, sagte Ingrid. Michael schluckte ein paar Mal und schüttelte die Kaffeekanne, um zu sehen, ob noch Kaffee darin war. Sie war jedoch leer. Ingrid stand auf und holte Saft und Mineralwasser herbei. Sie nahm zwei Gläser aus dem Schrank und stellte alles auf den Tisch. »Ich glaube, es ist besser, etwas anderes zu trinken«, meinte sie. »Zu viel Kaffee ist nicht gut.«

Er nickte bestätigend und dankbar, und als Ingrid ihm halb Saft, halb Wasser in sein Glas goss, trank er es in einem Zug leer. Sie füllte sein Glas erneut, diesmal nippte er nur daran und stellte es wieder zurück.

»Nein«, begann er wieder, »es belastet mich nicht. Mit der Erinnerung kommen zwar die ganzen Gefühle wieder zurück und ich rege mich ein wenig auf, dennoch tut es gut, sich einmal alles von der Seele zu reden.« Also fuhr er ohne Umschweife fort: »So ging das eine ganze Weile. Fast täglich fanden wir irgendeine Gelegenheit, miteinander zu schlafen. Wir wurden sehr erfinderisch. Manchmal verabredeten wir uns nach Dienstschluss an einer bestimmten Stelle. Dann stieg sie in mein Auto und wir trieben es, wo immer es eine Möglichkeit zum Parken gab. Sogar in irgendeiner Seitenstraße, selbst auf die Gefahr hin, dass jemand vorbeiging und vielleicht in das Auto hineinsehen konnte. Ab und zu ging ich für ein paar Stunden mit in Melanies Wohnung und wir vergnügten uns dort. Höchstens ein oder zwei Mal ging ich mit ihr aus. Wir fuhren irgendwohin hinaus aufs Land, wo wenig Gefahr bestand, dass wir auf Bekannte treffen könnten. Nie bin ich mit ihr in ein Kino oder in ein Theater gegangen. Unsere Schäferstündchen verbrachten wir meist kurz nach Büroschluss, sodass ich verhältnismäßig selten eine Ausrede erfinden musste, um spätes Nachhausekommen zu erklären. Erklären musste ich meiner Frau aber, weshalb ich nicht mehr mit ihr schlief. Anfangs schützte ich Müdigkeit und Arbeitsüberlastung vor, doch nach einiger Zeit ›gestand‹ ich ihr, dass ich mich impotent fühlte und, obwohl ich es so sehr wolle, keine Erektion bekommen würde. Ich versprach, einen Arzt aufzusuchen, um der Sache auf den Grund zu gehen. Doch ich wusste, dass das Verhältnis mit Melanie eines Tages zu Ende sein würde und ich dann wieder mit meiner Frau schlafen würde.«

Ingrid sah ihn erstaunt an. »Konnten oder wollten Sie während Ihrer Affäre nicht mit Ihrer Frau schlafen?«

»Ich wollte nicht«, entgegnete er. »Das wäre mir zu schofel vorgekommen, mit beiden Frauen gleichzeitig ins Bett zu gehen. Nein, ich wollte das nicht. Ich spürte ohnehin, wie mich die Geschichte langsam langweilte und sich ein schlechtes Gewissen meiner Frau gegenüber zu regen begann. Zumal Melanie mich wissen ließ, dass ihr unsere kurzen, anonymen Begegnungen nicht mehr genügten. Sie wollte mehr. Sie wollte sich nicht ständig verstecken müssen, wollte sich mit mir sehen lassen, wie sie es formulierte, wollte nicht nur im Bett oder im Auto Zeit mit mir verbringen.

Eines Abends, ich war etwas länger bei ihr geblieben als üblich, da meine Frau für zwei Tage zu ihren Eltern gefahren war und die Kinder während dieser Zeit bei meinen Eltern in unserer Stadt übernachteten, sprach sie mich wieder einmal darauf an, dass es so nicht weitergehen könne. Ich versuchte es zuerst mit Ausflüchten. Warum nicht, es sei doch sehr schön so? Doch Melanie ging nicht darauf ein. ›Ich will endlich wissen, woran ich bin‹, sagte sie. Es war Ende November und ich überlegte, dass das Weihnachtsfest nahte. Mir war klar, dass Melanie nicht gewillt sein würde, mich über die ganzen Weihnachtsferien, in denen ich gewöhnlich Urlaub nahm, freizugeben. Vielleicht war das nun der Zeitpunkt, ihr reinen Wein einzuschenken. So erklärte ich vorsichtig, ich hätte ihr niemals Hoffnungen gemacht, dass ich meine Frau verlassen würde, und ich wolle auf keinen Fall, dass meine Frau von ihr und unserem Verhältnis erführe.

Daraufhin entgegnete Melanie, dass sie so aber nicht weitermachen wolle und meinte keck, dann müssten wir uns eben trennen. Eigentlich war ich dazu zwar noch nicht ganz bereit, doch ich wusste, dass es irgendwann sein musste. Und so sagte ich: ›Ja, vielleicht wäre eine Trennung das Beste.‹«

Michael hielt wieder inne und sah Ingrid nachdenklich an.

»Vielleicht sollten wir eine Pause machen«, schlug diese vor. »Wir sitzen nun schon so lange hier. Hätten Sie Lust auf einen Spaziergang? Nicht weit von hier ist ein Wald, um diese Zeit begegnet man dort nur wenigen Menschen, wir könnten uns dort weiter unterhalten.«

Er überlegte, wiegte den Kopf und meinte dann: »Ja, warum nicht! Im Wald ist es angenehm kühl, ich glaube, das wird uns guttun.«

Noch ehe sie richtig darüber nachgedacht hatte, schlug sie vor: »Wir nehmen mein Auto und fahren bis zum Park. Und nach dem Spazierengehen lade ich Sie in ein Gasthaus zum Essen ein. Es ist ein wunderschöner Tag. Wir könnten an einen See fahren und draußen essen.«

Er wirkte begeistert. »Das würden Sie wirklich tun?«

»Ja«, sagte sie und erschrak über ihre eigene Kühnheit. Sie

musste verrückt sein! Zu allem Überfluss klingelte auch noch das Telefon und Berthold war am Apparat. Er erkundigte sich nach ihrem Befinden und erzählte, dass er in Stuttgart bei einem Kunden sei und wahrscheinlich dort sogar übernachten werde, aber am Freitag werde er wie vereinbart zu ihr kommen. Er erinnerte sie an die Einladung bei Freunden am Samstag und fragte, ob sie vielleicht schon einen guten Wein zum Mitbringen besorgen könne. Sie versprach, dies zu tun, sie habe ja noch zwei Tage frei und daher Zeit. Da sie seine Frage, was sie in ihrer Freizeit vorhabe, vermeiden wollte, verabschiedete sie sich schnell und legte auf.

»War das Berthold?«, fragte Michael.

»Ja.«

»Haben Sie ihm von mir erzählt?«

»Natürlich nicht!«

»Sie haben ihn also belogen.«

»Ich habe ihn nicht belogen«, erwiderte sie barsch. »Und was hätte ich ihm schließlich sagen sollen? Hier ist ein wildfremder Mann, der die vergangene Nacht auf meiner Wohnzimmercouch verbracht hat? Ich hätte ihm so viel erklären müssen und außerdem hätte er auf der Stelle die Polizei benachrichtigt. Ich habe ihm etwas verschwiegen, aber nicht gelogen«, fügte sie trotzig hinzu.

»Was genauso schlimm ist«, bemerkte Michael lakonisch.

»So ist es recht! Nun machen Sie mir auch noch ein schlechtes Gewissen, das ich ohnehin schon habe«, rief sie. Und etwas versöhnlicher fuhr sie fort: »Irgendwann werde ich es ihm erzählen. Er wird schimpfen, mir meinen Leichtsinn vorwerfen, aber er wird es letztendlich verstehen, da bin ich mir ganz sicher.«

Michael erwiderte nichts mehr. Er wartete, bis sie ihre Schuhe angezogen, den Autoschlüssel gefunden und alle Fenster im Haus geschlossen hatte. Auf dem Weg zur Garage begegnete ihnen eine Nachbarin, die sie freundlich grüßte und neugierig betrachtete. Ich werde keine Erklärungen abgeben, dachte Ingrid, als sie das Garagentor öffnete. Sie bedeutete ihrem Besucher, in den Wagen zu steigen. In ein paar Minuten waren sie bei dem Wald, der sich kilometerweit nach Süden erstreckte. Sie stellte das Auto auf einem abgelegenen Parkplatz ab, wo sie kaum Spaziergängern begegnen würden. Eine Weile gingen sie dann schweigend nebeneinander her, jeder seinen Gedanken nachhängend.

Michael atmete genussvoll die klare, kühle Waldluft ein und nahm unvermittelt Ingrids Hand. Sie sah ihn erstaunt an. »Ich möchte nur zum Ausdruck bringen, wie unendlich dankbar ich Ihnen bin«, stammelte er.

Sie blieb vor ihm stehen und streichelte ein paar Mal besänftigend seinen Arm. »Erzählen Sie weiter«, ermunterte sie ihn. »Sie sehen ja, hier ist kein Mensch und im Freien redet es sich leichter. Sie haben an der Stelle aufgehört, als Sie Melanie die Trennung vorschlugen.«

»Ja«, begann er, »da waren wir stehen geblieben. Wenn ich an diesen Moment denke, bekomme ich heute noch eine Gänsehaut. Ich weiß auch nicht, was ich eigentlich erwartet hatte. Wahrscheinlich rechnete ich mit allem Möglichen, von großer Enttäuschung bis zu der Aussage ›Je eher, desto besser‹. Aber auf die Reaktion, die dann kam, war ich überhaupt nicht vorbereitet.«

»Sie machte Ihnen eine Szene?«

»Eine Szene? Sie schrie, sie brüllte, kreischte wie ein Kind, wie ein verwundetes Tier. Für einen Moment dachte ich, sie hätte den Verstand verloren. Sie schrie irgendetwas, ich verstand die Worte nicht. Vielleicht waren es auch gar keine Worte, nur Laute, schreckliche, unmenschliche Laute, die sich irgendwann in Worte kleideten. Worte wie: ›Mich verlassen, einfach so? Bin ich nichts, nur ein Stück Dreck, eine leer gegessene Pralinenschachtel?‹ Sie schlug auf mich ein, mit den Fäusten, mit den Händen, und sie schrie und schrie. Ihr von Wut und Schmerz verzerrtes Gesicht war kaum wiederzuerkennen. Als sie allmählich die Kräfte verließen, schluchzte sie nur noch leise vor sich hin und ich hörte sie sagen: ›Das lasse ich nicht zu! Hörst du? Das lasse ich nicht zu, du wirst dich nicht so davonstehlen!‹ Dann wurde ihre Stimme plötzlich drohend, als sie ankündigte, sie werde dafür sorgen, dass ich nicht einfach mir nichts, dir nichts, abhauen würde. Sie wolle zu meiner Frau gehen und ihr alles sagen, ja, das werde sie tun.«

Die Erinnerung an dieses Ereignis ließ seine Stimme zittern. Er blieb vor Ingrid stehen, nahm ihre Hände und hielt sie vor sein Gesicht. »Es war so schrecklich, so schrecklich«, sagte er immer wieder. Ingrid ließ ihn gewähren. »Ich hatte immer vorgehabt, meiner Frau die Geschichte eines Tages zu beichten, wirklich, das war mein fester Vorsatz. Aber *ich* wollte es ihr sagen! Ich wollte nicht, dass sie es von jemand anderem erfährt, und schon gar nicht von Melanie. Ich war vor Angst wie von Sinnen. Verstehen Sie, ich wollte meine Ehe nicht aufgeben, ich wollte meine Frau, die Kinder – meine Familie – behalten.«

Ingrid entzog ihm sanft ihre Hände und umfasste stattdessen seine. Sie drückte sie ein paar Mal fest, um sie dann loszulassen und wieder an seine Seite zurückzukehren. So neben ihm gehend nahm sie behutsam seinen Arm und versuchte, ihn zu beschwichtigen. »Natürlich verstehe ich das, sehr gut sogar. Sie hatten Angst, alles zu verlieren, und Sie zweifelten wohl schon damals, ob Ihre Frau Ihnen verzeihen würde, sollte sie von der Affäre erfahren.«

Er nickte zustimmend. »Ja, das ist wahr«, sagte er. »Früher war ich mir ganz sicher gewesen, dass meine Frau mir jeden Fehltritt verzeihen würde und dass uns nichts auseinanderbringen könnte, aber bei der Geschichte mit Melanie bekam ich plötzlich Bedenken. Vielleicht weil sie eben tiefer gegangen war als alles davor. Oder weil mein Gewissen mich plagte. Ich weiß es nicht. Ich weiß nur, dass ich furchtbare Angst hatte.«

Ingrid sah auf die Uhr. Es war bereits ein Uhr und so schlug sie vor, den Spaziergang zu beenden und an den Starnberger See zu fahren, um dort in einem Restaurant etwas zu essen. Michael war einverstanden. Der Aufenthalt an einem See würde ihm guttun, Wasser hätte immer eine beruhigende Wirkung auf ihn. So kehrten sie um und gingen schweigend, jeder seinen Gedanken nachhängend, zum Auto zurück. Auch während der Fahrt zum See sprachen sie kaum miteinander, nur ab und zu etwas Belangloses wie »Hoffentlich begegnen uns keine Bekannten, die sich womöglich zu uns an den Tisch setzen möchten«. Michael war sogar zu Scherzen aufgelegt, er fragte, wie sie ihn wohl vorstellen würde. »Gestatten, dies ist Herr Michael Breitner, der heute Nacht in mein Haus eingedrungen ist.« Sie lachten beide und Ingrid erklärte ihm, dass dies genau der Grund sei, weshalb sie niemandem begegnen wolle. Sie müsste sonst eine Geschichte erfinden, also lügen, und das wäre ihr sehr unangenehm.

Mittlerweile waren sie bei dem Restaurant angekommen, das Ingrid, wenn sie zum See kam, gerne besuchte. Sie fanden ganz in der Nähe einen Parkplatz und da es so ein herrlicher Tag war, suchten sie sich einen Tisch im Freien, direkt am Seeufer. Die Schulferien hatten noch nicht begonnen, sodass sie sogar einen Platz in einer geschützten Ecke fanden, wo sie ungestört sprechen konnten. Doch vorerst war an eine Fortsetzung ihrer Unterhaltung nicht zu denken. Zuerst musste auf die Bedienung gewartet werden, um die Speisekarte zu erbitten, dann dauerte es eine Weile, bis sie sich entschieden hatten und endlich bestellen konnten. Während sie auf das Essen warteten, blickten sie auf den See hinaus, auf dem Segelboote und Kähne herumfuhren. In der Ferne pflügte auch einmal ein großer Dampfer vorbei und nahe am Ufer schwammen Schwäne und Wildenten. Badende waren an dieser Stelle des Sees nicht zu sehen, die Badebuchten lagen am anderen Ufer sowie weiter südlich. Sie genossen das wunderschöne Panorama und die Ruhe, die der See ausstrahlte.

»Hier könnte man beinahe alles vergessen und denken, alles ist gut«, sagte Michael unvermittelt.

Ingrid legte ihre Hand auf die seine und antwortete: »Sie werden es schaffen, glauben Sie mir! Sie werden wieder auf die Beine kommen, eine Arbeit finden und eine neue Liebe. Sie dürfen nur nicht resignieren und sich selbst nicht aufgeben.«

Er sah sie zweifelnd an und wollte etwas sagen, aber da wurde das Essen gebracht und sie wandten sich mit Genuss und

Appetit den Speisen zu. Michael hatte sich Wein bestellt und man sah ihm an, dass er jeden Tropfen davon genoss. Während der Mahlzeit sprachen sie über den See und die zauberhafte Umgebung und Michael warf einmal ein, dass seine Kinder an solch einem schönen Sommernachmittag sicher irgendwo beim Schwimmen seien. Als sie fertig waren, lehnten sie sich behaglich in ihren Stühlen zurück und Ingrid bestellte für beide Espresso. Michael strahlte zufrieden und Ingrid zog es das Herz zusammen, wenn sie daran dachte, dass sie ihn spätestens morgen wieder wegschicken musste. Sie hatte sich die nächsten Stunden in Gedanken bereits ausgemalt: Sie würden hier noch eine Weile sitzen bleiben und reden, danach ein Stück am See entlang gehen, wo sie auch reden konnten, und gegen Abend nach Hause zurückkehren. Vielleicht könnten sie am Abend sogar auf der Terrasse sitzen, sie müssten dann eben leise sprechen, sodass man in der Nachbarschaft nicht alles mithören konnte. Später würde sie ihm anbieten, noch eine Nacht in ihrem Haus zu verbringen, dieses Mal natürlich in einem richtigen Bett im Gästezimmer, und sie zweifelte keinen Augenblick, dass er das Angebot annehmen würde. Am nächsten Tag würde sie ihm noch ein Frühstück zubereiten und ihn danach mit vielen guten Ratschlägen verabschieden. Sie wusste, dass ihr das sehr schwerfallen würde, aber schließlich konnte sie ihn unmöglich bei sich aufnehmen, ihm eine Unterkunft bieten, bis er wieder eine Stelle gefunden und sich gefangen hätte. Dabei schoss ihr der Gedanke durch den Kopf: Warum eigentlich nicht? Warum sollte sie ihn wegschicken? Musste sie das wirklich? Sie blieb sich die Antwort auf diese Überlegungen schuldig.

Es war Michael anzusehen, dass ihm nicht wohl war, als Ingrid die Bedienung herbeirief und bezahlte. »So tief bin ich gesunken«, murmelte er vor sich hin, »dass eine fremde Frau die Zeche für mich übernehmen muss.«

Doch Ingrid wischte seine Einwände mit einer ungeduldigen Geste beiseite. »Hören Sie auf damit«, sagte sie ärgerlich, »ich will davon nichts hören.« Sie fragte ihn, ob er Lust habe, noch ein Stück am See entlang zu gehen. Ganz in der Nähe sei die Votivkapelle, die man zu Ehren König Ludwigs II. an der Stelle erbaut hatte, wo er vermutlich ums Leben kam.

»Im See ertrunken«, sagte Michael. »Dabei ist gar nicht sicher, ob es so gewesen ist.«

Ingrid zuckte mit den Schultern. »Genau weiß das niemand, aber es wird schon so gewesen sein.«

Michael erklärte, dass er lieber woanders spazieren gehen wolle und wenn es Ingrid nichts ausmache, dann würde er gerne noch ein Stück mit dem Auto fahren. Er kenne sich gut aus und wisse, wo man lange und ausgiebig am See entlang wandern könne. Als sie am Auto angekommen waren, fragte er, ob er fahren dürfe, seinen Führerschein habe er noch – so ziemlich das einzige Dokument, das ihm vielleicht noch einmal nützlich sein könnte.

Ingrid wandte ein, dass er Wein getrunken habe, doch er meinte, es sei ganz wenig Wein gewesen und außerdem habe er Wasser dazu getrunken. Schließlich gab sie nach und ließ ihn ans Steuer. Sie war gespannt, an welche Stelle er sie bringen würde, aber schon bald war sie ziemlich sicher, dass es der Ort war, wo sie selbst oft alleine oder früher mit ihrem Mann und später mit Berthold gewandert war. Sie schmunzelte daher, als er den Wagen nach etwa zwanzig Minuten Fahrt auf den Parkplatz von Bernried lenkte.

»Sie kennen das?«, fragte er, als er ihr Lächeln bemerkte.

Nun musste Ingrid wirklich lachen. »Natürlich kenne ich diesen Platz. Ich glaube, es gibt kaum eine Gegend an diesem See, wo ich öfter gewesen wäre.«

Sie stiegen aus und steuerten auf den Pfad, der am See entlangführte, zu. Michael war erstaunt über die vielen Menschen, die sich am Ufer tummelten. Aber Ingrid erklärte, an so einem herrlichen Sommertag sei zu erwarten, dass viele Menschen hier badeten. Hatte er nicht vorhin selbst gesagt, dass seine Kinder heute vermutlich auch beim Schwimmen seien?

Michael schien enttäuscht, denn die Badegäste hatten sich nicht nur unmittelbar am Seeufer ausgebreitet, sie lagen auch in den Wiesen, die sich an den Pfad oberhalb des Sees anschlossen, und außerdem gab es zahllose Spaziergänger, die wie sie in dieselbe Richtung gingen oder ihnen entgegenkamen. An eine Unterhaltung war hier nicht zu denken, überlegte Ingrid. Aber vielleicht war es ganz gut, wenn sie nicht gleich wieder auf das Thema kamen. Michael schien ausgelaugt und müde. Ingrid blieb plötzlich stehen. »Hören Sie, ich habe im Kofferraum zwei Badematten, die werde ich jetzt holen und wir suchen uns ein Plätzchen, wo wir uns hinsetzen und vielleicht sogar hinlegen können.«

Michael schaute skeptisch. Aber Ingrid hatte sich schon umgedreht und lief das kurze Stück, das sie gegangen waren, zum Auto zurück. Tatsächlich lag auch eine Decke im Kofferraum, wobei sie sich nicht erinnern konnte, wozu sie diese dort hineingelegt hatte. Wenn sie mit Berthold oder alleine zum Baden ging, nahm sie gewöhnlich nur die Badematten und Handtücher mit. Es war auch egal, Hauptsache war, dass sie eine Decke hatten. Im Nu war sie wieder bei Michael, der sich nicht von der Stelle gerührt hatte. Sie suchten eine Weile nach einem passenden Platz im Schatten, und als sie ihn gefunden hatten und Ingrid die Matten und die Decke ausgebreitet hatte, ließ Michael sich mit einem Seufzer nieder.

»Stört es Sie, wenn ich mich hinlege?«, fragte er.

»Nein, machen Sie es sich ruhig gemütlich, strecken Sie sich aus und schlafen Sie, wenn Sie wollen und können.«

Er schien verlegen. »Ich weiß nicht, einfach einzuschlafen, das wäre doch sehr unhöflich.«

Ingrid zog die Stirn kraus. »Wir wollen uns jetzt doch nicht über Höflichkeiten austauschen«, meinte sie verständnislos. »Wenn Sie imstande sind, hier einzuschlafen, dann tun Sie es.«

Er zog Bertholds graues T-Shirt über den Kopf und faltete es sorgfältig zusammen. Dann ließ er sich sanft nach hinten gleiten, das T-Shirt legte er sich unter den Kopf. Sie fand, dass er, wie er so dalag, nun wieder älter und verbrauchter wirkte. Seine Wangen waren eingefallen, sein Gesicht grau und fahl und die hellen Augen blickten mutlos und verzweifelt. Ingrid hatte sich neben ihm niedergelassen und schaute auf den See hinaus. Als sie nach einer Weile wieder zu ihm hinsah, hatte er die Augen geschlossen und tiefe, gleichmäßige Atemzüge verrieten, dass er eingeschlafen war. Sie nahm einen Zettel und einen Stift aus ihrer Tasche und schrieb, dass sie spazieren gegangen und in einer Stunde wieder zurück sei. Darunter notierte sie: Donnerstag, 15.30 Uhr. Sie wollte nicht tatenlos neben ihm sitzen, er würde sich schuldig fühlen, wenn er aufwachte und sah, dass sie sich langweilte.

Es war gut, dass sie nun eine Stunde lang für sich sein und in Ruhe nachdenken konnte. Seit heute Morgen war sie keine Sekunde mehr alleine gewesen. Er war ständig da, sie musste sich um ihn kümmern, sich seine tragische Geschichte anhören, wobei das Schlimmste noch bevorstand. Sie mochte sich gar nicht ausmalen, was alles geschehen war bis zu seinem Absturz und wie er auf der Straße gelandet war. Denn dass er auf der Straße lebte, dessen war sie nun ziemlich sicher. Sie spürte auf einmal, wie müde sie war und wie sehr sie das alles belastete. Was würde sie Berthold erzählen? Hätte er Verständnis für ihr Handeln? Sie fragte sich, ob er ihr glauben würde, dass Michael sich zurückhaltend und korrekt verhalten hatte. Vielleicht würde er eher vermuten, sie beschönige alles, nur um nicht als dumme Gans dazustehen, die sich von einem Landstreicher hatte hereinlegen lassen. Womöglich würde er sogar annehmen, dass sie sich ihm hingegeben hatte. Was würde sie von Berthold denken, wenn es umgekehrt gewesen wäre?
   Während sie immer wieder neue Überlegungen anstellte, war sie ziemlich schnell gegangen und hatte gar nicht bemerkt, wie weit sie sich schon entfernt hatte. Sie sah auf die Uhr und stellte fest, dass sie bereits über eine halbe Stunde unterwegs war. Am Himmel hatten sich Wolken gebildet und die Hitze des Nachmittags war in eine drückende Schwüle umgeschlagen. Sie kehrte um. Wahrscheinlich würde es ein Gewitter geben und aus dem Plausch auf ihrer Terrasse würde nichts werden. Ingrid ging so rasch, wie die drückende Luft es ermöglichte, und erreichte fünf Minuten später als vereinbart den Platz, wo Michael auf ihrer Decke lag. Zuerst dachte sie, er schliefe noch

immer und habe ihren Zettel noch gar nicht gelesen, doch als sie näher trat sah sie, dass er die Augen offen hatte.

»Ich habe Ihre Nachricht gelesen«, sagte er. Er setzte sich auf und zog das graue T-Shirt wieder an. Die Leute um sie herum begannen sich umzuziehen und ihre Sachen zusammenzupacken. »Glauben Sie, dass es regnen wird?«, fragte er.

Sie zuckte mit den Schultern und setzte sich neben ihn. »Wir sollten trotzdem besprechen, wie es in den nächsten Stunden weitergehen soll.«

»Was schlagen Sie vor?«, fragte er schüchtern.

Ingrid wandte sich ihm zu, im Sitzen waren sie fast auf gleicher Augenhöhe. »Wir fahren jetzt nach Hause und ich werde uns ein kleines Abendbrot bereiten, danach setzen wir uns zusammen und Sie erzählen ganz in Ruhe den Rest Ihrer Geschichte. Ich werde eine Flasche Wein aufmachen, dabei redet es sich leichter. Danach sehen wir weiter. Auf jeden Fall schlage ich vor, dass Sie diese Nacht noch bei mir übernachten. Sie können im Gästezimmer schlafen.« Er wollte protestieren, doch Ingrid wehrte ab. »Keine Widerrede! Sie machen mir keine Umstände und ich habe auch keine Angst vor Ihnen. Ich mache das gerne. Und morgen früh müssen wir sehen, wie es mit Ihnen weitergehen soll. Sie können unmöglich so herumstreichen, Sie brauchen eine Wohnung, wenigstens ein Zimmer. Es gibt doch Angebote für Leute wie Sie, staatliche Einrichtungen und Hilfen.«

Michael ließ sie reden, ohne sie zu unterbrechen. Er wartete, ob sie noch etwas sagen wollte, und stand dann auf. Er half auch ihr hoch, dann faltete er sorgfältig die Decke zusammen und klemmte sich die Badematten unter den Arm. »Darf ich noch mal fahren?«, fragte er.

Ingrid nickte.

Auf dem Weg zum Auto kamen sie an einem Kiosk vorbei. Ingrid kaufte zwei Flaschen Mineralwasser, eine davon reichte sie Michael. Er bedankte sich und trank sie in einem Zug leer. Während der Fahrt ließ er das Radio laufen und summte manchmal eine Melodie mit. Es schien ihm gut zu gehen. Kurz vor dem Ziel hielten sie an und wechselten die

Plätze. Vor ihrem Haus ließ sie ihn aussteigen und reichte ihm den Hausschlüssel, sie fuhr unterdessen den Wagen in die Garage.

Als sie ins Haus kam, stand er regungslos im Flur und schaute ihr entgegen. »Ich habe Angst!«, sagte er, es war mehr ein Flüstern als ein Sprechen. Etwas lauter wiederholte er: »Ich habe so schreckliche Angst.«

Einen Augenblick lang war sie versucht, ihn in die Arme zu nehmen und zu trösten, doch sie wusste, dass sie sich damit auf gefährliches Terrain begeben würde. So fasste sie ihn nur kurz am Arm und bat ihn, mitzukommen. Sie wollte ihm zeigen, wo er in der Nacht schlafen konnte. Gemeinsam bezogen sie das Bett. Ingrid bedauerte, dass sie ihm keinen Pyjama anbieten konnte, doch er meinte, er sei gar nicht mehr gewöhnt, einen Schlafanzug zu tragen. Dann gingen sie nach unten. Ingrid holte eine Flasche Rotwein aus dem Keller und Michael öffnete sie und stellte sie im Wohnzimmer auf den Tisch, damit der Inhalt atmen konnte. Ingrid öffnete die Terrassentür und schaute in den Himmel. Es war nicht mehr so schwül und stickig, es schien doch nicht zum Regnen zu kommen und sie würden draußen essen können.

Sie reichte ihrem Gast die Tageszeitung, die an diesem Tag noch keiner gelesen hatte. »Zum Zeitvertreib, während ich das Abendessen zubereite«, sagte sie.

Er setzte sich damit in einen Stuhl auf der Terrasse. Unterdessen breitete Ingrid ein Tischtuch auf dem Gartentisch aus, ging in die Küche, nahm Käse, Butter, Lachs und ein paar Essiggurken aus dem Kühlschrank und schichtete alles auf ein Tablett. Sie schnitt Brot auf, legte es in den Brotkorb und stellte eine Flasche Bier daneben. Dann rief sie nach Michael, drückte ihm Teller, Besteck, Servietten und Gläser in die Hand und bat ihn, den Tisch zu decken. Schließlich stellte sie das Tablett auf den Tisch und lud ihn ein, sich zu setzen und zu essen.

»Was würden Sie tun, wenn Berthold auf einmal zur Tür hereinkäme?«, fragte er schelmisch.

»Das möchte ich mir gar nicht ausmalen«, antwortete sie.

»Aber ich denke, ich würde Sie ihm vorstellen, ohne zunächst eine Erklärung abzugeben, wer Sie sind. Später würde mir dann schon etwas einfallen. Allerdings müssten Sie sich eine andere Bleibe suchen, denn über Nacht könnten Sie dann natürlich nicht bleiben.« Sie sah ihn herausfordernd an.

»Entschuldigen Sie«, sagte er, »das war eine dumme Frage.« Er deutete auf die Zeitung und meinte, er habe sogar verlernt, Zeitung zu lesen, denn zum Lesen brauche man Muße, und die habe er nicht. Er könne sich einfach nicht konzentrieren. Er habe zwar vorhin, als sie in der Küche beschäftigt war, hineingeschaut, aber er könnte ihr nicht einen Satz, nicht ein Thema nennen, über das er gelesen habe.

Ingrid entgegnete, dass sie das gut verstehen könne. Als ihr Mann sie damals verlassen hatte, habe sie auch weder lesen noch fernsehen können, weil sie sich ebenfalls nicht konzentrieren konnte. Sie wundere sich heute noch darüber, wie sie ihrem Beruf hatte nachgehen können, ohne allzu viele Fehler zu machen. Aber das war wohl etwas anderes, das hatte sie tun müssen, denn sie konnte es sich nicht leisten, ohne Arbeit dazustehen.

Sie begannen zu essen und während Ingrid sich Zurückhaltung auferlegte, da sie fand, sie habe an diesem Tag schon genug gegessen, machte Michael kein Hehl aus seinem Appetit. Beherzt griff er immer wieder nach einem neuen Stück Brot, belegte es dick mit Lachs oder Käse und trank sein erstes Glas Bier in einem Zug leer. Ingrid betrachtete ihn verstohlen und amüsierte sich über seinen Heißhunger. Sie sprachen über die vergangenen Stunden und Michael meinte, es sei ein wunderschöner Tag gewesen, an den er sich noch lange erinnern werde. Sie fragte ihn, ob er sich die Nachrichten im Fernsehen ansehen wolle, man könne den Fernsehapparat herumdrehen, sodass man von der Terrasse aus schauen konnte. Doch er schüttelte den Kopf. Nein, auch darauf könne er sich nicht konzentrieren. So beendeten sie ihre Mahlzeit ohne viele Worte und als Ingrid den Tisch abgeräumt, die Biergläser gegen Weingläser ausgetauscht und den Wein gebracht hatte, lehnte er sich entspannt zurück. Sie reichte ihm die Flasche und bat ihn einzuschenken.

Michael probierte den Wein und schnalzte mit der Zunge. »Ein guter Tropfen«, lobte er. Einige Augenblicke saßen sie sich schweigend gegenüber, dann meinte er: »Nun, wenn Sie einverstanden sind, werde ich jetzt meine Geschichte zu Ende erzählen. Ich will es hinter mich bringen.«

Ingrid nickte ihm aufmunternd zu.

»Wie gesagt«, begann er, »war ich mir nicht mehr so sicher, dass meine Frau mir so ohne Weiteres vergeben würde und ich hatte große Angst davor, dass sie durch Dritte von der Geschichte erfahren könnte. So versuchte ich Melanie zu beschwichtigen. Ich erklärte ihr, dass ich mich wirklich in sie verliebt hatte und nicht anders handeln konnte, aber dass ich meine Familie niemals aufgeben würde. Ich bat sie, mir meinen Egoismus zu verzeihen und versicherte ihr, dass ich alles tun würde, um ihr über den Schmerz hinwegzuhelfen. Sie fragte mit matter Stimme, was ich schon tun könne, um ihr zu helfen. Ich könne gar nichts tun, außer bei ihr zu bleiben, sie zu lieben, so wie ich es ihr immer versichert hätte, und mich von meiner Frau zu trennen. Aber das wolle ich ja auf keinen Fall. Bei diesen letzten Worten war ihre Stimme nur noch ein Flüstern und sie begann erneut zu weinen.

Ich wollte auf sie zutreten und sie trösten, doch sie wehrte ab. ›Nein, geh weg!‹, schrie sie. ›Geh weg! Ich weiß nicht, wie ich das überstehen soll, wie ich weiterleben soll, ich weiß nicht einmal, ob ich überhaupt weiterleben will.‹

›Melanie!‹, rief ich entsetzt, ›das darfst du nicht tun, bitte nicht, das könnte ich nicht ertragen.‹

Sie lachte bitter und schubste mich zur Tür hinaus. ›Hör auf mit deinen Phrasen, mit deinen abgedroschenen, verlogenen Phrasen, du Schwein, du mieses, verdammtes, verkommenes Schwein!‹

Noch nie hatte ich Melanie so reden hören, ich hätte gar nicht gedacht, dass sie überhaupt so reden konnte. Bisher hatte sie ihre Worte immer wohl überlegt, war nie laut oder gewöhnlich geworden, hatte sich nie, auch wenn es im Büro manchmal Ärger gab, zu verletzenden oder bissigen Bemerkungen hinreißen lassen. Sie war immer ruhig und gelassen geblieben, war nie jemandem zu nahe getreten. Und nun das! Da ich schon an der Tür war, hatte sie diese Worte in den Flur hinaus geschrien, es war ihr wohl egal, ob jemand sie hören konnte. Ich war schon bei der ersten Treppenstufe angekommen, als sie noch einmal auf mich losstürzte und mich mit einem derben Stoß die Treppe hinabstieß. Wie ein geprügelter Hund schlich ich die restlichen Stufen hinunter. Im ersten Stock öffnete sich eine Tür und jemand fragte, was denn los sei. Ich sagte: ›Nichts, gar nichts, es ist alles in Ordnung.‹

Aber nichts war in Ordnung. Während der Heimfahrt überlegte ich fieberhaft, was ich nur tun könnte, um aus dieser Lage herauszukommen. Ich hoffte, dass meine Frau nicht überraschend nach Hause gekommen war, womöglich hatte sie es sich ja anders überlegt und war nur eine Nacht bei ihren Eltern geblieben. Doch als ich mein Auto in die Garage fuhr, war ihr Wagen nicht da und ich atmete auf. Gott sei Dank übernachteten die Kinder bei meinen Eltern und ich war den Rest des Abends alleine, um nachdenken zu können. Auf dem Anrufbeantworter war eine Nachricht meiner Frau, dass sie am nächsten Tag gegen Mittag heimkommen und auf dem Nachhauseweg die Kinder von der Schule abholen würde. Ich überlegte, ob ich sie zurückrufen sollte, verwarf den Gedanken aber wieder und lief stattdessen den ganzen Abend ruhelos durch die Wohnung. Irgendwann legte ich mich auf die Couch im Wohnzimmer und schlief ein. Am Morgen erwachte ich erschöpft und unausgeschlafen, mit schmerzenden Knochen von der unbequemen Lage, und hoffte einen Moment lang, ich hätte alles nur geträumt. Aber als sich nichts in der Wohnung regte, kein Geräusch der Kinder und kein Herumrumoren meiner Frau zu hören war, wusste ich, es war kein Traum.

Melanie kam an diesem Tag nicht ins Büro. Als ich nach ihr fragte, informierte mich eine Kollegin, Melanie habe sie gestern Abend noch angerufen und ihr gesagt, es ginge ihr sehr schlecht, sie habe plötzlich entsetzliche Halsschmerzen, Fieber und Schüttelfrost und könne heute nicht zur Arbeit kommen. Ich wusste, dass das nicht stimmte, und ich spürte, wie mir heiß und kalt wurde. Auf meiner Stirn bildeten sich Schweißperlen und die Kollegin fragte besorgt, ob ich auch krank sei. Ich verneinte und setzte mich an meinen Arbeitsplatz. Dort verharrte ich regungslos und ließ meinen Rechner ausgeschaltet. Kurze Zeit später kam unser Chef herein, und als er mich so untätig herumsitzen und ins Leere starren sah, schaute er mich erstaunt an und fragte, ob mir ein Geist erschienen sei.

›Nein‹, sagte ich, ›aber ich müsste mal an die frische Luft.‹

›Gehen Sie nur, ehe Sie hier noch umkippen‹, meinte der Chef.

Wir verstanden uns gut, und auch das Verhältnis zu den Kolleginnen und Kollegen war gut. Ab und zu gingen wir nach Dienstschluss zusammen ein Glas trinken, aber private Themen wurden dabei kaum angeschnitten. Höchstens dass mal einer fragte, wie es der Frau und den Kindern gehe. Wir sprachen über die Arbeit, über anstehende Projekte, über Sport, Fußball, manchmal über Politik, jedoch nicht über Persönliches. So war es ganz normal, dass niemand nach dem Grund meines Bedarfes an frischer Luft fragte. Wir waren erwachsen. Wenn ich es sagen wollte, würde ich es sagen, wenn nicht, wollte es auch keiner wissen.

Ich wollte nicht mein Auto nehmen, da die Fahrzeuge im Hof des Gebäudes abgestellt waren und man sich gewundert hätte, wenn man mich mit dem Auto hätte wegfahren sehen. So ging ich zum nicht weit entfernten Taxistand und fuhr mit dem Taxi zu Melanies Wohnung. Ich läutete einige Male, doch niemand öffnete. Jemand kam aus dem Haus und ich nutzte die Gelegenheit und schlüpfte hinein. Die Frau, die herausgekommen war, schaute sich neugierig nach mir um. Zwei Stufen auf einmal nehmend rannte ich die Treppe hinauf und klopfte an Melanies Wohnungstür, läutete, rief ihren Namen, doch es rührte sich nichts. Vielleicht war sie weggefahren zu ihren Eltern, zu ihrer Schwester oder zu einer Freundin, versuchte ich mich zu beruhigen. Doch ich wusste, dass etwas nicht stimmte. Die schrecklichsten Vermutungen stellte ich an, sah sie mit Schlaftabletten vergiftet in der Wohnung liegen. Aber woher sollte sie in so kurzer Zeit ein Schlafmittel in ausreichender Menge herbekommen haben? Oder sie war tatsächlich nicht da und wollte sich gerade in diesem Moment vor einen Zug oder die U-Bahn werfen. Mit dem Mobiltelefon versuchte ich noch einmal bei ihr anzurufen, doch niemand antwortete, nicht einmal der Anrufbeantworter war eingeschaltet. Auf dem Weg zurück ins Büro ging mir durch den Kopf, dass ich am besten diesen Tag freinehmen und meine Frau abfangen sollte, ehe sie die Kinder von der Schule abholte. Ich sollte ihr vorschlagen, die Kinder ausnahmsweise noch einmal für ein paar Stunden zu den Großeltern zu bringen, damit wir ungestört miteinander reden konnten, denn ich hätte ihr etwas Wichtiges zu sagen. Ich musste mit meiner Frau reden, ihr alles beichten und ihr sagen, dass ich befürchtete, Melanie könnte sich etwas antun.«

Michael hielt inne und trank einen Schluck Wein. Es war immer noch hell und immer noch sehr warm. »Ja, das wollte ich tun und das hätte ich tun sollen, vielleicht hätte ich dann noch eine Chance gehabt, wenigstens eine kleine Chance. Aber ich tat es nicht. Ich verwarf den Gedanken, weil ich die Einwände meiner Frau vorauszusehen glaubte: Weshalb die Kinder noch einmal zu den Großeltern schicken? Sie würden ständig hin und her geschoben, und das, was er ihr zu sagen hatte, hätte doch Zeit bis zum Abend. Doch vielleicht hätte meine Frau diese Einwände gar nicht gemacht, vielleicht war es für mich nur ein Vorwand, um nicht mit ihr sprechen zu müssen. Heute weiß ich, dieses Versäumnis war ein großer Fehler.

Stattdessen bin ich ins Büro zurückgefahren und habe bis 17 Uhr gearbeitet, wobei ich einen Außentermin wahrzunehmen hatte, von dem aus ich nochmals zu Melanies Wohnung fuhr, ohne sie jedoch anzutreffen. Auch am Telefon meldete sie sich nicht. Als ich am Abend nach Hause kam und meine Frau begrüßte, riss ich sie in meine Arme, bedeckte ihr Gesicht mit Küssen und sagte ihr immer wieder, wie sehr ich mich freute, sie zu sehen.

›Mein Gott, Michael‹, rief meine Frau bestürzt, ›ich war doch nur zwei Nächte weg und du tust so, als sei ich jahrelang verschollen gewesen.‹ Sogar mein damals elfjähriger Sohn, der diese überschwängliche Szene beobachtet hatte, fragte altklug, ob bei mir der zweite Frühling ausgebrochen sei.

›Ja‹, bestätigte ich übermütig. ›Der zweite und der dritte Frühling zugleich‹, und wir lachten alle drei. Es war das letzte Mal, dass wir miteinander lachten.

Am Tag darauf war Melanie wieder im Büro. Sie saß bereits an ihrem Arbeitsplatz, als ich kam. Ich war unsagbar erleichtert. Außer uns war nur die Sekretärin an der Rezeption anwesend, und diese befand sich in einem anderen Raum. ›Hallo‹, grüßte Melanie leise, als sie mich sah. Sie hob nicht ihre Augen, schaute angestrengt auf ihren Schreibtisch und machte sich an irgendwelchen Plänen zu schaffen. Sie sah elend aus, blass und eingefallen, ungeschminkt, die Haare kaum frisiert, so als habe sie sich seit unserem Streit nicht mehr zurechtgemacht.

Die Kollegin von der Rezeption kam in unser Büro und beim Anblick von Melanie rief sie: ›Mein Gott Melanie, du siehst aus wie ein Gespenst! Warum bist du nicht zu Hause geblieben? Du bist doch noch krank.‹

Melanie erwiderte, dass es schon wieder gehe und sie, falls sich ihr Zustand wieder verschlimmere, am nächsten Tag noch einmal zu Hause bleiben würde.

›Wenn du uns alle angesteckt hast‹, brummte die Kollegin, dennoch ging sie in die Küche und kam kurz darauf mit einer Tasse heißem Tee zurück, die sie vor Melanie hinstellte. ›Salbeitee gegen Halsschmerzen, hoffentlich hilft es‹, sagte sie und legte fürsorglich ihre Hand auf Melanies Schulter.

Melanie bedankte sich und sah kurz zu mir herüber. Als die Kollegin wieder in ihr Büro gegangen war, versuchte ich sie in ein Gespräch zu ziehen, doch sie lehnte ab. ›Lass mich einfach nur in Ruhe!‹, sagte sie knapp.

Während des ganzen Tages hörte ich kaum ihre Stimme, sie sprach auch nicht mit den allmählich eintreffenden Ingenieuren und anderen Kolleginnen. Sie behauptete, dass sie immer noch sehr angeschlagen sei und am Nachmittag wohl nach Hause gehen werde. Als ich einmal in die Küche ging, um mir einen Kaffee zu holen, sah ich sie auf die Eingangstür zusteuern. ›Gehst du nach Hause?‹, fragte ich sie, doch sie antwortete mir nicht.

Wie ich später erfuhr, ist sie kurz vor Geschäftsschluss zu einer Freundin gegangen, die in einer Apotheke arbeitete. Sie hat mit ihr geplaudert, sie um Medikamente für ihre angebliche Erkältung gebeten und ihr außerdem gestanden, dass es ihr sehr schlecht ging, nicht nur wegen der Erkältung. Die Freundin, die von unserer Beziehung wusste, fragte, ob es meinetwegen sei und Melanie nickte und fing an zu weinen, war aber nicht bereit, mehr darüber zu sagen. Irgendwie gelang es ihr, die Apothekerin für ein paar Minuten abzulenken und währenddessen zwei Packungen Schlaftabletten und ein Fläschchen mit Schlaftropfen zu entwenden. Die beiden verließen die Apotheke gemeinsam. Die Freundin fragte noch, ob sie Melanie nach Hause begleiten und ein Weilchen bei ihr bleiben solle, aber diese lehnte ab. Sie sagte, sie würde sich einen heißen Tee machen und die Medikamente einnehmen, die man ihr gegeben hatte, und sich dann schlafen legen.

Die Freundin gab sich damit zufrieden, musste aber ständig an Melanie denken, irgendwie war ihr deren Verhalten seltsam vorgekommen. Da sie in dieser Nacht kaum Schlaf finden konnte und ihr eingefallen war, dass sie vor dem Weggehen gar nicht mehr wie üblich alle Schränke und Schubladen kontrolliert hatte, ging sie sehr früh in die Apotheke, um sich zu vergewissern, dass alles in Ordnung war. Ihre Vorgesetzte hatte am Vortag die Apotheke schon mittags verlassen und die Freundin wollte sich des in sie gesetzten Vertrauens würdig erweisen und dafür sorgen, dass alles so war, wie es sein sollte. Ihre Augen glitten alle Schränke und Schubladen hinauf und hinunter, wobei ihr auffiel, dass eine Schublade eine Winzigkeit hervorstand. Sie spürte, wie ihr heiß und kalt wurde und sie vor Schreck fast ohnmächtig umfiel, denn sie wusste, dass sich in dieser Schublade schwere Schlafmittel befanden. Sie startete den Computer und kontrollierte den Bestand. Es fehlten zwei Packungen Tabletten, das Fehlen der Tropfen bemerkte sie erst später. Sie rief bei Melanie an, niemand meldete sich. Daraufhin alarmierte sie sofort die Polizei und erklärte, was geschehen war und dass höchste Selbstmordgefahr bestand. Die Polizei und der Notarzt trafen zur selben Zeit in Melanies Wohnung ein, nur ein paar Minuten später kam auch die Freundin aus der Apotheke.

Melanie lag auf ihrem Bett und atmete nur noch ganz schwach. Auf dem Tisch im Wohnzimmer lagen ein Abschiedsbrief an ihre Eltern und ihre Schwester sowie ein Brief an ihre Freundin, in dem sie diese um Verzeihung bat, dass sie die Schlaftabletten gestohlen und ihr damit bestimmt viel Ärger beschert hatte. Mit Blaulicht und Sirene brachte man sie ins Krankenhaus, wo sie gerettet werden konnte. Gott sei Dank!«

Michael holte tief Atem, als er dies sagte. »Gerettet«, wiederholte er. »*Sie* war gerettet, aber für mich begann die Katastrophe!«

Obwohl es noch immer sehr warm war, begann Ingrid zu frösteln. Es dämmerte und bald würde die Nacht hereinbrechen. Sie stand auf, machte das Licht auf der Terrasse an und entzündete ein Windlicht. Die Flamme des Windlichts warf Schatten auf Michaels Gesicht, in dem nun ein Ausdruck von grenzenloser Verzweiflung stand.

»Sollen wir lieber hineingehen?«, fragte Ingrid.

»Lassen Sie uns noch ein Weilchen hier sitzen und in die Flamme schauen, das beruhigt die Nerven«, erwiderte er. »Vielleicht wollen Sie sich etwas Warmes zum Überziehen holen?« Dabei nahm er seine Jacke, die er über die Stuhllehne gehängt hatte, und zog sie an.

Während Ingrid die Treppe hinaufstieg, dachte sie fortwährend: »Mein Gott, wie schrecklich, was für eine Tragödie!« Sie griff in der Dunkelheit blind in den Schrank und holte irgendeine Jacke heraus, zog sie an und ging wieder hinunter. Sie fröstelte noch immer. Michael hatte sich in der Zwischenzeit Wein nachgegossen, es war nur noch ein kleiner Rest in der Flasche.

»Nun habe ich fast den ganzen Wein getrunken«, sagte er verlegen.

Ingrid machte eine wegwerfende Handbewegung. »Ich hatte genug«, sagte sie. »Außerdem können wir noch eine Flasche aufmachen, wenn wir noch welchen wollen.«

Ihr Gast blickte angestrengt in das Windlicht und fing ohne Aufforderung wieder an zu reden: »Wie gesagt, dies alles erfuhr ich erst später von Melanies Freundin, der Apothekerin. Zunächst machte ich mir Gedanken über Melanies Zustand, denn ich wusste, dass die Erkältung, unter der sie angeblich litt, gespielt war. Als sie so wortlos an mir vorbei hinausgegangen war, hatte ihr Gesichtsausdruck etwas Wütendes, Entschlossenes gehabt, so als wüsste sie genau, was sie nun tun würde. Schon eine Stunde nach ihrem Aufbruch fing ich an, regelmäßig bei ihr anzurufen. Ich wollte sie nochmals warnen, nichts Dummes oder Unüberlegtes zu tun. Als sie nicht antwortete, sprach ich mehrmals auf den Anrufbeantworter. Nach Dienstschluss fuhr ich obendrein zu ihrer Wohnung, ohne jedoch eingelassen zu werden. So machte ich mich nervös und voller böser Ahnungen auf den Heimweg und hoffte, dass mich das Schicksal verschonen und Melanie mit der Zeit über den Schmerz, den ich ihr zugefügt hatte, hinwegkommen würde. Aus erbärmlicher Feigheit und weil ich hoffte, dass meine Frau von der Geschichte nie etwas erfahren würde, habe ich auch an diesem Abend geschwiegen. Ich ging früh zu Bett, konnte aber keinen Schlaf finden. Als meine Frau etwa eine Stunde später ebenfalls ins Bett kam, zog ich sie in meine Arme und ließ sie die ganze Nacht nicht mehr los.

Da mich in dieser Nacht schreckliche Träume geplagt hatten, war ich am Morgen schweißgebadet und meine Frau meinte besorgt, ob ich vielleicht eine Erkältung ausbrüte. Ihr Nachthemd war ebenfalls nass, da wir so eng aneinander gelegen hatten. Es war sechs Uhr morgens, wir hatten noch eine halbe Stunde, bis es Zeit war, die Kinder zu wecken. In dieser halben Stunde hätte ich zumindest das Wesentliche der Geschichte erzählen und ihr von meiner Angst um Melanie, die mich quälte, berichten können. Oder ich hätte wenigstens eine Andeutung machen sollen, dass wir bald einmal Zeit finden müssten, um länger miteinander zu reden, denn ich hätte ihr etwas Wichtiges zu sagen. Aber ich tat nicht einmal das.

Oft nahm ich auf dem Weg zur Arbeit die Kinder mit in die Schule. An diesem Tag gingen sie jedoch alleine, da ich erst später aus dem Haus musste. Meine Frau sorgte dafür, dass sie rechtzeitig losgingen, damit sie nicht zu spät kamen. So waren die Kinder schon auf dem Weg, während ich noch am Frühstückstisch saß und oberflächlich die Zeitung durchblätterte, als das Telefon läutete. Meine Frau blickte fragend zu mir herüber, sie wunderte sich über den frühen Anruf, dann nahm sie ab.

Eine Weile lauschte sie wortlos, dann sagte sie: ›Das kann nicht sein, Sie müssen sich irren!‹ Dann horchte sie wieder und sagte nichts mehr, sie hörte nur zu. Ihre Augen wanderten während dieses mir endlos erscheinenden Gesprächs zu mir, sie weiteten sich, spiegelten Abscheu, Wut, Enttäuschung, Ekel wider. Nun war es wohl geschehen, etwas musste mit Melanie passiert sein! Bis zu meinem Platz am Tisch hörte ich eine laute, schrille Frauenstimme, es war nicht Melanies Stimme, aus dem Hörer. Jetzt wusste meine Frau also von der Sache – und sie musste es von einer Fremden am Telefon erfahren.

Weil ich nicht wusste, was ich sonst tun sollte, wollte ich einen Schluck aus meiner Tasse nehmen, doch ich konnte sie nicht halten, sie fiel mir mitsamt dem heißen Kaffee aus der Hand und zerschellte auf dem Boden. Ich hörte meine Frau fragen: ›Wo ist das Mädchen jetzt?‹ Sie schrieb etwas auf den Block, der stets neben dem Telefon lag, und sagte, sie werde sich kümmern. Und dann fügte sie kaum hörbar, weil ihr die Stimme versagte, hinzu: ›Bitte entschuldigen Sie, aber ich weiß nicht, warum mein Mann das getan hat.‹

Sie war kreidebleich, als sie, nachdem sie den Hörer aufgelegt hatte, auf mich zukam. Einen Augenblick sah es so aus, als versagten ihre Beine. Ich fürchtete, sie würde umfallen und sprang auf, um sie zu stützen, doch sie streckte ihren Arm weit aus und hielt mich von sich fern. Dann klammerte sie sich mit beiden Händen am Tisch fest und ließ sich auf den Stuhl sinken.

›Das junge Mädchen, mit dem du seit Monaten ein Verhältnis hast ...‹

›Hattest‹, sagte ich, ›es ist beendet.‹

›Das junge Mädchen‹, wiederholte sie, ›hat versucht, sich umzubringen.‹

›Melanie‹, murmelte ich tonlos.

›Ja, Melanie, ich glaube, so heißt sie‹, flüsterte meine Frau.

›Lebt sie?‹, fragte ich.

Meine Frau nickte. ›Noch lebt sie. Man ist gerade dabei, ihr den Magen auszupumpen. Wenn ihr Kreislauf nicht versagt, hat sie eine Chance.‹ Ich nahm den Block, auf dem meine Frau die Adresse des Krankenhauses aufgeschrieben hatte, doch sie riss ihn mir aus der Hand. ›Du gehst da nicht hin‹, sagte sie und ihre Stimme gehorchte ihr immer noch nicht richtig, es klang, als sei sie heiser. ›Du nicht!‹

Ich stammelte: ›Ich wollte es dir immer sagen, aber irgendwie war nie der richtige Zeitpunkt. Und dann dachte ich, ich käme aus der Sache raus, ohne dass du etwas davon erfahren musst. Ich wollte es dir eben ersparen.‹

Sie antwortete nicht, fing stattdessen an, die Scherben der zerbrochenen Tasse aufzusammeln und den verschütteten Kaffee aufzuwischen. Meine Frau arbeitete drei Tage in der Woche bei einem Verlag und dieser Tag war ein Arbeitstag, doch sie ging noch einmal zum Telefon und sagte, dass sie heute nicht kommen würde. Ich glaube, sie gebrauchte nicht einmal eine Ausrede. Dann ging sie zur Tür. Doch ehe sie hinausging, sprach sie in den Raum hinein, ohne mich dabei anzusehen – es war, als spräche sie zu einem unsichtbaren Dritten: ›Wir haben uns fest versprochen, uns immer die Wahrheit zu sagen. Und wir haben mehr als einmal darüber geredet, dass dies auch dann gilt, falls einer von uns sich in einen anderen verliebt. Du hättest es mir sagen müssen! Vielleicht nicht gleich am Anfang, aber doch allerspätestens, als du wusstest, dass es etwas Ernstes ist. Stattdessen hast du gelogen, gelogen und gelogen. Deine angebliche Impotenz, deine Überstunden, dein Besäufnis mit dem jungen Kollegen, alles gelogen. Versuche ja nicht, dich zu rechtfertigen!‹, sagte sie noch und dann ging sie.

Es wäre sinnlos gewesen, in diesem Moment etwas zu sagen oder mich zu wehren, und so schwieg ich. Ich stellte fest, dass es an der Zeit war, zu meinem Kunden zu fahren, und nahm mein Jackett von der Garderobe. Meine Frau war ins Schlafzimmer gegangen, ich hörte sie dort hantieren, wie sie Schränke auf- und zumachte, und vermutete, dass sie zu Melanie ins Krankenhaus wollte. Plötzlich stand sie in der Schlafzimmertür. Sie hatte sich umgezogen und trug jetzt ein gelbes Sommerkleid, das wunderbar zu ihren dunklen Haaren passte. Die Haare hatte sie hochgesteckt, so wie sie sie im Sommer meistens trug. Sie hatte kaum Make-up aufgelegt, dennoch erschien sie mir schön und begehrenswert. Es war, als sähe ich sie seit Monaten zum ersten Mal wieder richtig als Frau.

›Ich fahre heute noch ins Krankenhaus. Ich will mit dem Mädchen sprechen, will hören, was sie zu sagen hat.‹

Ich versuchte zu erklären, dass ich ihr auch alles sagen könnte, dass ich rückhaltlos ehrlich sein wollte und mir alles unsagbar leid täte.

›Deine Wahrheit kannst du dir sparen, ich will sie nicht hören. Ich will überhaupt nichts mehr mit dir zu tun haben, ich will, dass du so schnell wie möglich gehst. Such dir eine Bleibe, zieh zu deinen Eltern oder sonst wohin, ich will dich hier nicht mehr sehen!‹ Als sie meinen erschreckten Blick sah, fügte sie hinzu: ›Wenn du nicht gehst, gehe ich, dann suche ich mir eine andere Wohnung, die du übrigens bezahlst, aber ich will mit dir nicht mehr leben.‹

Mir war, als schwanke der Boden unter meinen Füßen, und ich musste mich ein wenig festhalten, dennoch machte ich mich auf den Weg zu meinem Kunden.«

Michael schwieg und schaute Ingrid an. Gedankenverloren drehte er den Stiel seines Weinglases hin und her, wollte trinken, sah, dass das Glas leer war, und stellte es auf den Tisch zurück. Ingrid fragte, ob sie noch eine Flasche öffnen solle.

Einen Augenblick sah es aus, als wolle er protestieren, doch dann meinte er: »Ja, doch, öffnen wir noch eine Flasche, ich wäre heute gern ein bisschen betrunken.«

Sie ging in den Keller und holte noch einmal denselben Wein, einen Montepulciano, den sie zusammen mit Berthold in Italien gekauft hatte. »Von 1997, nicht schlecht«, meinte Michael, als er das Etikett begutachtete, und schnalzte mit der Zunge. »Aber er hätte einige Zeit atmen sollen, ein solch guter Wein muss atmen, bevor man ihn trinkt.«

Ingrid zuckte mit den Schultern. »Nun machen Sie ihn schon auf«, sagte sie. »Daran hätten wir früher denken müssen, jetzt ist es zu spät.«

In der Zwischenzeit war es dunkel geworden. Aus den umliegenden Gärten war dann und wann ein leises Gemurmel oder Lachen zu hören, doch die meisten Leute saßen bereits in ihren Wohnzimmern vor dem Fernsehgerät.

Ingrid hielt die Hand über ihr Glas, als Michael ihr einschenken wollte. »Bitte nur ganz wenig, denn ich möchte mich heute nicht betrinken«, sagte sie.

Michael lächelte. »Auf Ihr Wohl, Gnädigste. Ich werde diesen Tag und diesen Abend nie vergessen und vor allem werde ich Sie nie vergessen. Wissen Sie, wenn Sie mich jetzt in den Arm nehmen würden, würde ich hemmungslos heulen wie ein Hund und mich von Ihnen trösten lassen und dann vor Erschöpfung in Ihren Armen einschlafen. Aber keine Angst ...«, er machte eine beschwichtigende Handbewegung, »ich möchte nicht mit Ihnen schlafen. Nicht dass Sie mir nicht gefallen, aber ich wäre dazu nicht einmal imstande. Seit einiger Zeit bin ich nämlich wirklich impotent. Dieses Mal ist es nicht gespielt.« Er lachte unsicher, man spürte nun doch die Wirkung des Weines.

Ingrid überlegte, was sie darauf antworten sollte, und fand es besser zu schweigen. Nach einer Weile meinte sie: »Und wie ging es dann weiter?«

»Ja, wie ging es weiter?«, nahm Michael den Faden wieder auf. »Der Rest ist schnell erzählt. Übrigens wie bei vielen Geschichten und Romanen: Am Ende geht dann alles immer ziemlich zügig, so als fiele den Autoren nichts Richtiges mehr ein oder als wollten sie einfach zu einem Ende kommen, egal wie. Dies hat mich schon oft geärgert, keine Ahnung, warum es am Schluss immer so rasch gehen muss.

Nun, am späten Nachmittag dieses verhängnisvollen Tages ging ich zu der Apotheke, in der Melanies Freundin arbeitete. Ich hatte Glück, sie dort anzutreffen, denn sie hatte sich den Tag freigenommen, um für Melanie da zu sein. Sie war nur kurz da, um mit ihrer Chefin zu sprechen. Wir hatten uns ein oder zwei Mal von Weitem gesehen, aber nie miteinander gesprochen, dennoch erkannte sie mich sofort, als ich vor der Apotheke stand und durch die Fensterscheibe schaute. Sie schien am Gehen zu sein, denn sie trug keine Arbeitskleidung und eine Handtasche baumelte an ihrem Arm. Sie sprach mit einer Frau im weißen Kittel, die sehr erregt zu sein schien, obwohl ich nicht verstand, was gesprochen wurde. Die Angestellte blickte betreten zu Boden, sagte ein paar Worte, wurde dann aber von der anderen wieder unterbrochen. Als sie mich erkannte, sank sie noch mehr in sich zusammen und es sah aus, als entschuldige sie sich in einem fort. Ich wollte nicht die Aufmerksamkeit der Apothekerin erregen und ging ein Stück weiter, um dort zu warten.

Als Melanies Freundin endlich herauskam, ging sie geradewegs auf mich zu und schlug mir ins Gesicht. Passanten drehten sich um, eine Frau lachte. Sie hatte wohl erwartet, dass ich mich empören und zur Wehr setzen würde, aber als ich nichts dergleichen tat und nur betreten dastand und meine Backe rieb, erzählte sie mir als Erstes, dass Melanie wohl außer Lebensgefahr war. Dann erfuhr ich die ganze Geschichte mit den Schlaftabletten und wie sie Melanie gefunden hatte. Sie machte mir die schlimmsten Vorhaltungen, herrschte mich an, wie verantwortungslos ich gehandelt hätte, schließlich sei ich doch schon über vierzig und Melanie noch so jung und unerfahren. Außerdem sei sie selbst aller Wahrscheinlichkeit nach nun ihren Job los, denn ihre Chefin habe sie der groben Fahrlässigkeit bezichtigt, weil Melanie es geschafft hatte, die Schlaftabletten zu entwenden.

Ich dagegen warf ihr vor, dass sie mit ihrem Anruf an diesem Morgen meine Ehe zerstört habe. Seltsamerweise bedauerte sie diesen Anruf. Aber sie sei so voller Wut und Angst gewesen, dass ich wenigstens erfahren sollte, was ich angerichtet hatte. Als dann nicht ich, sondern meine Frau am Telefon gewesen sei, habe sie ihr die ganze Geschichte an den Kopf geworfen.

›Meine Frau will Melanie übrigens aufsuchen, um alles von ihr zu erfahren. Mir glaubt sie nicht mehr.‹

Bei diesen Worten schaute mich die Freundin erschrocken an. ›Ja‹, sagte sie, ›sie deutete so etwas an am Telefon. Ich bin nur nicht sicher, ob man sie an Melanies Bett lassen wird, schließlich ist sie keine Verwandte und Melanie hat einen Selbstmordversuch unternommen, da kann nicht jeder hineinspazieren.‹

Ich erklärte immer wieder, wie leid mir das alles täte und dass ich, wenn ich könnte, alles ungeschehen machen würde. Aber als ich den Wunsch äußerte, Melanie zu besuchen, wenn nicht in der Klinik, so vielleicht später zu Hause, wehrte die Freundin entschieden ab. Sie habe den Eindruck, Melanie sei froh, dass sie gefunden und gerettet worden sei und sie sei zuversichtlich, dass sie über die Sache hinwegkommen würde, aber ich sollte mich von ihr fernhalten. Ich gab ihr meine Mobiltelefonnummer und bat sie, mich über Melanie auf dem Laufenden zu halten.

Ich wusste nicht, ob sich Melanies Selbstmordversuch bereits herumgesprochen hatte, ob man in der Firma Bescheid wusste. Als ich tagsüber eine kurze Zeit im Büro verbracht hatte, hieß es dort nur, Melanie sei noch krankgemeldet. Nach dem Gespräch mit Melanies Freundin war mir zwar bewusst, dass ich im Büro noch erwartet wurde, dennoch fuhr ich heim. Meine Frau war nicht zu Hause, als ich ankam. Sie heißt übrigens Susanne – höchste Zeit, dass ich das einmal erwähne.« Michael lächelte entschuldigend zu Ingrid hinüber.

»Susanne war also nicht da und auch die Kinder waren nicht daheim. Ich rief bei meinen Eltern an und erfuhr, dass die Kinder bei ihnen waren. ›Stimmt etwas nicht bei euch?‹, fragte meine Mutter, doch ich log, alles sei in Ordnung.

Sie kamen alle drei um kurz nach acht, als es für die Kinder Zeit war, ins Bett zu gehen. Meine Tochter bat um eine Gutenachtgeschichte, doch ich schützte starke Kopfschmerzen vor und sie küsste mich zart auf die Stirn, damit das Kopfweh vergehen sollte.« Bei diesen Worten fing Michaels Stimme wieder an zu zittern. »Meine Kinder fehlen mir so! Ich würde sie so gerne wiedersehen, aber in meinem Zustand? Ich kann ihnen nichts bieten, noch nicht einmal eine Wohnung.«

Ingrid beschwichtigte ihn. »Das wird sich wieder ändern, glauben Sie mir! Alles wird gut und Sie werden noch viele schöne Dinge mit Ihren Kindern unternehmen.« Doch ihre Worte klangen selbst in ihren eigenen Ohren nicht echt. Glaubte sie denn wirklich, was sie da sagte? Im Lauf des Tages hatte sie etwas Ähnliches gesagt, da hatte sie fest daran geglaubt. Warum nun auf einmal nicht mehr?

»Als die Kinder im Bett waren, kam Susanne zu mir ins Wohnzimmer und erzählte mit monotoner Stimme, so als läse sie einen Text vor, dessen Inhalt ihr völlig gleichgültig war, von ihrem Besuch bei Melanie im Krankenhaus. Ich fragte sie nicht, wie sie es geschafft hatte, vorgelassen zu werden, sie hätte es mir wahrscheinlich auch nicht gesagt. Sie war am späten Nachmittag bei ihr gewesen, hatte sich vorgestellt und gefragt, ob Melanie mit ihr reden wolle. Sie bot an, in ein paar Tagen wiederzukommen, falls es noch zu früh sei, aber Melanie wollte, dass sie blieb. Sie schien sogar froh zu sein, sich alles von der Seele reden zu können. Dabei schien es sie nicht zu berühren, dass sie mit der Frau sprach, die sie mit deren Ehemann betrogen hatte. Melanie gab zu, dass sie schon lange in mich verliebt war, aber niemals sei es ihr in den Sinn gekommen, dies zu offenbaren. Sie habe gewusst, dass ich verheiratet war, scheinbar glücklich verheiratet, und dass wir zwei Kinder hatten, und sie habe das respektiert. Sie erzählte auch von unserem ersten Abend und dass ich es war, der darum gebeten hatte, mit in ihre Wohnung zu gehen. Sie habe mich in keiner Weise dazu ermuntert. Auch den weiteren Verlauf unserer Beziehung schilderte Melanie bis ins kleinste

Detail. Zwar hätte ich nie von Scheidung oder einer Trennung von meiner Familie gesprochen, dennoch sei bei ihr der Eindruck entstanden, dass mir meine Frau nicht viel bedeutete und ich Liebe und Leidenschaft nur für sie, Melanie, empfand. Umso schlimmer habe es sie getroffen, als ich mich plötzlich von ihr trennen wollte, um zu meiner ungeliebten Ehefrau, wie sie geglaubt habe, zurückzukehren.

Melanie hatte versprochen, nicht noch einmal einen Versuch zu machen, sich umzubringen. Sie war froh, dass sie noch rechtzeitig gefunden wurde und hoffte, eines Tages über mich hinwegzukommen. Sie hatte sich auch schon Gedanken darüber gemacht, wie es im Büro weitergehen sollte und dachte daran, die Stelle zu wechseln. Denn sie glaubte nicht, dass ich meine gut bezahlte Stelle in dem Ingenieurbüro aufgeben würde. Sie meinte, so kaltschnäuzig wie ich sei, würde es mir sicher nichts ausmachen, sie jeden Tag zu sehen, denn ich könnte mich ja in die Arme meiner liebenden Gattin flüchten, während sie mit allem allein fertig werden müsste.

Als Susanne mit der Aufzählung meiner Schandtaten geendet hatte, sagte sie, sie finde es schrecklich, dass Melanie sich hatte umbringen wollen. Sie zweifle keinen Augenblick daran, dass es ihr bitterernst war mit dem Selbstmordversuch. Trotzdem verstehe sie Melanies Verhalten nicht, schließlich habe diese gewusst, dass ich verheiratet bin, und wer sich mit einem verheirateten Mann einlässt, muss wissen, dass solche Geschichten meistens zu Ungunsten der Geliebten ausgehen. Dennoch fühle sie sich nicht von Melanie hintergangen, sondern von mir, nur von mir. ›Dir war es völlig gleichgültig, was du mir und Melanie antust, darüber hast du wahrscheinlich gar nicht nachgedacht‹, warf sie mir vor. ›Hauptsache, du konntest deinen ungeheuren Egoismus befriedigen und dein Vergnügen haben. Wenn du wenigstens einmal mit mir geredet hättest. Aber du hast mich die ganze Zeit nur angelogen.‹ Sie wollte fortfahren, doch plötzlich hielt sie inne. Dann rief sie: ›Nein, ich will nichts mehr sagen, will nicht mit dir diskutieren. Du hattest deine Chancen, sogar sehr viele Chancen, du hast sie alle verspielt!‹«

Michael machte eine Pause und füllte erneut sein Glas. Er nahm einen Schluck und ließ ihn genüsslich durch die Kehle rinnen. Die Kerze im Windlicht war fast heruntergebrannt und ein leiser Wind war aufgekommen. Wortlos nahmen sie die Gläser und die Flasche und trugen alles ins Wohnzimmer. Er entschuldigte sich und ging auf die Toilette, währenddessen brachte Ingrid die Kissen der Gartenmöbel ins Haus. Man konnte nicht wissen, ob es nicht doch noch regnen würde.

Als Michael zurückkam, setzte er sich in einen Sessel und bat Ingrid, sich ebenfalls zu setzen. »Ja«, begann er, »das waren die letzten Worte, die Susanne mit mir gesprochen hat. Sie ging dann aus dem Zimmer. Ich bin ihr nachgelaufen, habe sie angefleht, mich anzuhören. Da hielt sie mir einen Zettel unter die Nase, darauf stand, ich solle nicht so einen Lärm machen, wegen der Kinder, und es sei ihr egal, wo ich heute Nacht schlafen würde. Sie wolle von nun an kein Wort mehr mit mir sprechen. Wir könnten nur noch schriftlich miteinander verkehren, irgendwann dann über Anwälte. Obwohl mir die ganze Zeit bewusst gewesen war, dass Susanne es ernst meinte, traf mich diese schriftliche Aussage wie ein Keulenschlag. Sie schien mir endgültiger als tausend im Zorn gesagte Worte. Dennoch verhielt ich mich wie das Kaninchen vor der Schlange. Ich dachte, wenn ich mich nicht bewege, mich nicht rühre, würde sich eines Tages alles lösen. Aber nichts löste sich. Nachdem ich zwei Nächte widerspruchslos auf dem Wohnzimmersofa geschlafen, jedoch keinerlei Anstalten gemacht hatte, meine Sachen zu packen und auszuziehen, erhielt ich den Brief eines Rechtsanwaltes, der mich aufforderte, mir innerhalb der nächsten vierundzwanzig Stunden eine neue Bleibe zu suchen und vom selben Tag an Unterhalt, dessen Höhe noch festgelegt werde, an meine Familie zu zahlen. Käme ich dieser Aufforderung nicht nach, werde er Klage gegen mich erheben.

So musste ich meinen Eltern die Geschichte beichten und sie bitten, mir für einige Zeit Unterkunft zu gewähren, bis ich eine Wohnung gefunden hatte. Meine Eltern fielen aus allen Wolken, sie konnten es nicht fassen und fragten immer wieder, ob es nicht doch die Möglichkeit einer Versöhnung gäbe. Mein Vater meinte, Susanne könne mich doch nicht so mir nichts, dir nichts aus der Wohnung werfen, schließlich gehöre sie uns beiden. Ich musste ihm erklären, dass sie das sehr wohl konnte, denn ich hatte mich grob ehewidrig verhalten. Von Melanies Selbstmordversuch erzählte ich meinen Eltern nichts, davon erfuhren sie später von Susanne.

Nun will ich die Geschichte aber rasch zu einem Ende bringen, sonst reden wir noch die ganze Nacht«, sagte Michael. »Schließlich möchte ich diese Nacht lieber in einem richtigen Bett genießen, tief und fest schlafen und Kraft schöpfen.

Also fasse ich zusammen: Nachdem ich einige Wochen bei meinen Eltern gewohnt hatte, fand ich eine kleine, wenn auch nicht billige Wohnung, die ich mit ein paar Möbelstücken, die mir Susanne großmütig überlassen hatte, so gut es ging, einrichtete. Was mir fehlte, ergänzte ich mit Billigmöbeln von Ikea. Dennoch verschlangen die getrennten Haushalte, die Neuanschaffungen und die Unterhaltszahlungen sehr viel Geld, sodass meine Ersparnisse in kürzester Zeit aufgebraucht waren. Gewiss, ich hatte einen gut bezahlten Posten, den ich vorerst auch behalten konnte, obwohl ich von einigen Kollegen und Kolleginnen mit Misstrauen und feindseligen Äußerungen bedacht wurde. Melanie hatte ihre Stelle ohne Angabe von Gründen gekündigt, aber irgendwie war durchgesickert, dass es etwas mit mir zu tun hatte. Mein Chef, ein gerechter und rechtschaffener Mann, sprach mich eines Tages direkt darauf an. Er sagte, er halte nichts von Gerüchten hinter dem Rücken des Betroffenen, deshalb frage er mich geradeheraus, ob es wahr sei, dass Melanies Ausscheiden aus der Firma etwas mit mir zu tun habe. Ich gab ihm zur Antwort, dass ich ihn nicht anlügen, mich aber auch nicht dazu äußern wolle. ›Also stimmt es‹, sagte er und schüttelte ungläubig den Kopf.

Er hat mich nie wieder darauf angesprochen. Als meine Leistungen jedoch immer schlechter wurden, ich Termine verpasste, falsche Berechnungen anstellte, unentschuldigt der Arbeit fernblieb oder gar angetrunken in die Firma kam, fackelte er nicht lange. Er hielt sich nicht mit den Gründen auf, die hinter meiner scheinbar unmotivierten Arbeitsweise steckten, er fragte nicht einmal danach, er legte mir nur eines Tages die Kündigung auf den Tisch. Ich sei »untragbar« für das Unternehmen geworden, stand darin. Ich spielte mit dem Gedanken, vors Arbeitsgericht zu gehen und um meine Stelle zu kämpfen, doch ich verwarf ihn gleich wieder. Im Grunde war es mir egal, denn ich war überzeugt, ich würde bald wieder eine Stelle finden.

Doch auch hier irrte ich. Ich fand keinen neuen Arbeitsplatz, obwohl es viele Stellenangebote gab. Ich weiß bis heute nicht, woran es wirklich lag. Vielleicht habe ich mich zu wenig bemüht, mich nicht wirklich dafür eingesetzt, eine neue Stelle zu finden. Ich war auch nicht bereit, aus München wegzugehen. Solange ich Arbeitslosenunterstützung bekam, kam ich irgendwie über die Runden. Ich musste zwar einen großen Teil an Susanne weitergeben und mir blieb nur verhältnismäßig wenig, aber ich konnte meine Miete bezahlen und bescheiden davon leben. Nach einem Jahr bekam ich dann noch weniger Geld, und das meiste davon wurde direkt an Susanne und die Kinder überwiesen. Ich wurde immer wieder angewiesen, mir eine Anstellung zu suchen, auch berufsfremde und niedriger bezahlte Arbeit, aber ich konnte nirgends Fuß fassen. Allmählich verlor ich jeglichen Halt, konnte die Miete nicht mehr bezahlen, trank und trieb mich in der Stadt und wenn ich Geld hatte in Kneipen herum.«

Es entstand eine lange Pause. Michael war aufgestanden, hatte sich ans Fenster gestellt und schaute in den dunklen Garten hinaus. »Sie können sich vorstellen, was dann kam?«, fragte er.

»Ja«, sagte Ingrid. »Ich kann es mir vorstellen: Verlust der Wohnung, Obdachlosigkeit, die Straße. Warum haben Sie nicht versucht, noch mal für einige Zeit bei Ihren Eltern unterzukommen?«

»Sie haben mich nicht gebeten. Ich glaube, sie hatten Angst, dass ich ihnen auf der Tasche liegen würde. Sie hatten sich auf einen beschaulichen Lebensabend gefreut, ein wenig reisen, das Leben genießen. Möglicherweise hätte man sie auch noch verpflichtet, die Unterhaltskosten für meine Familie zu bezahlen. Ich wollte sie da nicht hineinziehen.«

»Übernachten Sie wenigstens im Obdachlosenheim?«

Er schüttelte den Kopf. »Ganz selten, bisher vielleicht zwei Mal. Ich will da nicht hin.«

Ingrid war aufgestanden und neben ihn getreten. »He«, sagte sie, und stieß ihn sanft in die Seite. »Sie schaffen das! Sie sind noch jung, Sie sehen gut aus und Sie sind gesund. Sie müssen das schaffen! Könnten Sie nicht Sozialhilfe beantragen oder Hartz IV, wie das heute heißt? Dann könnten Sie sich wenigstens ein Zimmer leisten, hätten ein Dach über dem Kopf und könnten ernsthaft auf Arbeitssuche gehen. Die Kinder sind groß genug, Ihrer Frau kann zugemutet werden, ganztags zu arbeiten. Sie bräuchten dann nur noch Unterhalt für die Kinder zu zahlen. Außerdem bewohnt sie die Wohnung, die zur Hälfte auch Ihnen gehört. Sie sollte sich also nicht beklagen.«

»Soweit ich weiß, tut sie das auch nicht, und seit einiger Zeit arbeitet sie tatsächlich ganztags. Die Wohnung ist abbezahlt, sie muss keine Miete bezahlen und mit dem Unterhalt für die Kinder kann sie, glaube ich, vernünftig leben. Vernünftig ...«, wiederholte er. »Ich wollte immer, dass es meiner Familie gut geht. Meine Kinder sollten alles haben, was sie sich wünschen, doch nun reicht es nur dazu, einigermaßen vernünftig zu leben.«

Ingrid streichelte seinen Arm. Sie wollte etwas sagen, so was wie: Manchmal entwickelt sich das Leben eben anders, als man es erwartet. Aber sie blieb still. Dieser Satz wurde schon Tausende Male gesagt, er war so abgedroschen und half niemandem, dachte sie. Stattdessen fragte sie: »Und Melanie, haben Sie je wieder von ihr gehört?«

»Melanie«, sagte er versonnen. »Einmal habe ich sie gesehen. Das war, als es mir gerade anfing richtig schlecht zu gehen. Die Räumungsklage war mir bereits zugestellt worden und ich versuchte, vor allem davonzulaufen. Ich ging nicht mehr nach Hause, sondern rannte nur sinnlos herum. Da habe ich sie gesehen. Sie ging am Arm eines jungen Mannes. Er war etwa in ihrem Alter, Anfang zwanzig, und schien sehr verliebt. Er liebkoste sie mit jedem Blick, mit jeder Geste. Sie lächelte, ließ alles mit sich geschehen, aber glücklich wirkte sie nicht.«

»Hat sie Sie gesehen?«

»Nein. Ich erkannte sie von Weitem und versteckte mich hinter einer Hausecke. Als sie auf meiner Höhe waren, trat ich einen Schritt zurück und hoffte, dass sie nicht in die Straße einbiegen würden, in der ich stand. Sie gingen gottlob geradeaus weiter und als sie an mir vorbeikamen, hörte ich ihn etwas Nettes zu ihr sagen, es klang wie ein Kompliment.«

Ingrid öffnete die Terrassentür und ließ noch einmal die kühle Abendluft herein. »Es ist Mitternacht«, sagte sie. »Wir sollten schlafen gehen.«

Er nickte und im Vorbeigehen fasste er nach ihrer Hand und drückte sie. »Müssen Sie morgen zur Arbeit?«

»Nein, erst wieder nächste Woche.«

»Morgen kommt Berthold«, sagte er.

»Ja«, antwortete sie. »Morgen kommt Berthold.«

Als sie am nächsten Morgen, einem Freitag, gegen acht Uhr aufwachte, hörte sie ihn bereits im Badezimmer. Sie öffnete die Rollläden in ihrem Schlafzimmer und trat im Nachthemd auf den Balkon hinaus. Es war wieder ein strahlender Sommertag. Sie wartete eine Weile, lauschte, ob sie ihn die Treppe hinuntergehen hörte, doch nichts regte sich. Sie nahm ihren Morgenmantel und trat auf den Gang. Die Tür zum Badezimmer stand offen. Von Michael war nichts zu sehen und auch seine Sachen, die am Abend noch auf der Ablage über dem Waschbecken gestanden hatten, waren verschwunden. Panik überfiel sie. Wenn er nun gegangen war, ohne noch einmal mit ihr gesprochen zu haben? Sie musste ihm doch noch so vieles sagen, ihm Mut zusprechen, Ratschläge erteilen. Dann hörte sie das Geräusch eines Reißverschlusses, der zugezogen wurde. Die Tür zum Gästezimmer stand einen Spaltbreit offen, sie drückte leicht dagegen und da sah sie ihn. Seine Tasche stand fertig gepackt auf ihrem Schreibtisch. Er stand am Fenster und schaute auf die Straße hinunter.

»Wie ruhig Sie wohnen«, sagte er, ohne sich umzudrehen. »Kaum ein Auto fährt durch diese Straße.«

»Guten Morgen! Ich hoffe, Sie haben gut geschlafen? Ich gehe rasch ins Bad, dann bereite ich das Frühstück. Sie frühstücken doch noch mit mir?«

»Natürlich, gerne«, entgegnete er. »Darf ich das Essen herrichten? Während Sie sich zurechtmachen, mache ich das Frühstück.« Und als sie zögerte, fuhr er fort: »Ich finde mich schon zurecht, glauben Sie mir.«

Sie war einverstanden. »Gut, in einer halben Stunde bin ich fertig und dann wünsche ich einen tadellos gedeckten Tisch vorzufinden.«

»Wird gemacht, Madame«, lachte er und salutierte.

»Waren Sie bei der Bundeswehr?«

»Natürlich, ich war sogar Leutnant. War gar nicht so schlecht, die Zeit.«

Ingrid schüttelte den Kopf. Dieser Mensch steckte voller Überraschungen.

Als sie zum Frühstück herunterkam, trug sie ein knallgelbes Sommerkleid, das ausgezeichnet zu ihrer gebräunten Haut und den hellen Haaren passte. Sie wusste, was ihr stand. Gelb war eine problematische Farbe und nicht jedes Gelb kleidete sie, aber in einem bestimmten Gelbton konnte sie, das wusste sie, einfach umwerfend aussehen.

Michael pfiff durch die Zähne. »Oh, là, là«, sagte er anerkennend und rückte einen Stuhl für sie zurecht.

Während des Frühstücks machte sie ihm Mut, meinte, er sollte als Erstes Unterstützung beantragen und zusehen, dass er wenigstens so viel bekam, um sich ein Zimmer leisten zu können. Dann sollte er gezielt und mit allem Nachdruck nach einer Stelle suchen und fürs Erste auch Arbeiten annehmen, die schlechter bezahlt waren und nicht seiner Ausbildung entsprachen. Wenn er erst wieder ein regelmäßiges Einkommen hätte, würde er auch wieder in seinem Beruf arbeiten können, dessen sei sie ganz sicher. Schließlich sei er ein tüchtiger Mann, habe sie den Eindruck gewonnen. Und eines Tages würde er auch wieder glücklich sein, würde sich verlieben, etwas Neues aufbauen, wieder Kontakt zu seinen Kindern haben.

Michael sah sie skeptisch von der Seite an. »Wenn man Sie so reden hört, könnte man fast glauben, dass es wahr werden könnte.«

»Es wird so werden«, rief Ingrid. »Sie müssen nur fest an sich glauben und an sich arbeiten. Und Sie müssen aufhören zu trinken, das Trinken ist überhaupt keine Lösung.« Sie zögerte einen Moment, war sich nicht sicher, ob sie das Folgende sagen sollte, begann aber dann doch: »Sie sagten doch, Melanie hätte nicht glücklich ausgesehen, als sie an Ihnen vorbeiging. Und auch wenn Sie zu Anfang Ihrer Geschichte meinten, das Mädchen sei nur eine kurze Leidenschaft gewesen – es war mehr für Sie, sie hat Ihnen etwas bedeutet. Das wusste übrigens auch Ihre Frau. Und anders als Ihre Frau würde Melanie Ihnen verzeihen, da bin ich sicher. Sie müssten es nur schaffen, ihr Vertrauen wiederzugewinnen.«

»Ja, vielleicht. Vielleicht wäre das ein Weg«, gab er zu. Dann stand er abrupt auf, wischte sich schon im Stehen seinen Mund mit der Serviette ab, nahm seine Tasche und seine Jacke und blieb so, die Tasche in der Hand haltend und die Jacke über die Schulter geworfen, vor ihr stehen.

Ingrid sah zu ihm auf und erhob sich ebenfalls. »Sie möchten gehen?«, fragte sie.

»Ja«, es klang wie ein Krächzen, etwas schien ihm im Hals zu stecken. Er stellte seine Tasche noch einmal ab und riss Ingrid, nicht auf seine Jacke achtend, die ihm von der Schulter glitt und auf den Boden fiel, heftig in seine Arme. »Ich danke Ihnen so sehr, von ganzem Herzen danke ich Ihnen«, murmelte er, seinen Mund in ihren Haaren. »Ich werde Ihre Freundlichkeit nie vergessen, nie.«

Sie befreite sich sanft aus seiner Umarmung, hob seine Jacke auf und reichte sie ihm. Dann holte sie aus der Tasche ihres Kleides ein Kuvert und hielt es ihm entgegen. »Seien Sie jetzt bloß nicht bescheiden und nehmen Sie das an«, sagte sie gedehnt. »Für die nächsten Tage, bis die Sozialhilfe greift. Behörden arbeiten nicht schnell genug, um sofort ein Zimmer zu bezahlen.«

»Sie bieten mir Geld an?«, rief er aus. »Das geht nicht.«

»Ich leihe es Ihnen. Wenn es Ihnen besser geht, geben Sie es mir zurück.«

Er wusste, dass er das Geld brauchte. Den Stolz, den er so gerne gehabt hätte, konnte er sich nicht leisten. So nahm er den Umschlag und steckte ihn in seine Jackentasche.

»Und wenn ich es nie zurückzahlen kann?«

Sie zuckte mit den Schultern. »Who cares?«, sagte sie. »Dann eben nicht.«

Sie fortwährend ansehend, bewegte er sich rückwärts zur Tür, durch den Flur und zur Haustür. »Danke«, hörte sie ihn immer wieder sagen. »Vielen, vielen Dank.« Dann fiel die Tür ins Schloss. Er war fort.

Ingrid kehrte an den noch immer voll beladenen Frühstückstisch zurück. Er hatte wirklich alles gefunden: das Geschirr, das Besteck, die Servietten, den Kaffee, das Brot – es fehlte nichts. Es war fast Mittag. Gegen drei Uhr würde Berthold kommen, er hatte eine SMS auf das Mobiltelefon geschickt. Am Freitag konnte er sich oft früher freimachen. Sie musste den Tisch abräumen, das Gästebettzeug wegschaffen, im Bad nachsehen, ob nicht irgendetwas Verräterisches herumstand, die beiden leeren Weinflaschen vom vergangenen Abend entsorgen. Sie war froh, etwas zu tun zu haben, und sie war froh, dass Berthold kam. So war es ihr nicht möglich, ihren Gedanken nachzuhängen und sich über ihren Besucher und sein Schicksal das Hirn zu zermartern. Sie fragte sich, was er nun tun würde, wie es mit ihm weitergehen würde, ob er es schaffen würde. Erst jetzt, nachdem er gegangen war, wurde ihr bewusst, wie sehr sie ihn mochte und wie vertraut er ihr in den zwei Tagen geworden war. Gut, dass sie in der nächsten Woche wieder arbeiten musste, da war sie eingespannt und hatte keine Zeit, ständig über ihn nachzudenken.

Den ganzen Sommer über hörte sie nichts von ihm und auch der Herbst verging ohne eine Nachricht. Im September verbrachte sie drei Wochen mit Berthold in Italien. Dieser sprach in letzter Zeit immer öfter davon, ob sie nicht vielleicht doch zusammenziehen sollten. Ingrid war es recht. Warum nicht, sie verstanden sich gut und wollten ohnehin zusammenbleiben.

Im November, als sie dachte, dass Michael nun vielleicht wieder auf festen Beinen stehen könnte, schaute sie im Internet nach, ob er schon eine Telefonnummer besaß. Doch sie fand keinen Eintrag.

Es wurde Winter, die Tage wurden kürzer. Es war kalt, es schneite und sie musste täglich den Schnee entlang ihres Gartenzaunes wegräumen. Wenn Berthold einmal bei ihr wohnte, würde er diese Aufgabe übernehmen müssen, darauf würde sie bestehen. Allmählich fing Michaels Bild in ihrem Kopf an zu verblassen und manchmal glaubte sie schon, sie hätte das Ganze nur geträumt und nicht erlebt. Beinahe hätte sie dann auch die Notiz in der Zeitung übersehen. Ganz klein stand es im Lokalteil, dass man die Leiche eines etwa vierzig bis fünfzig Jahre alten Mannes im Wartehäuschen einer Bushaltestelle gefunden habe. Der Mann sei nur leicht bekleidet gewesen und erfroren. Ein Selbstmord sei daher nicht auszuschließen. Ingrid starrte wie gebannt auf die Zeitung, las immer und immer wieder diese knappe Meldung und dachte: »Das ist Michael.« Die Zeitung war von heute, also musste man ihn einen oder zwei Tage zuvor gefunden haben. Sicher hatte er Papiere bei sich gehabt und man hatte seine Eltern oder seine Frau benachrichtigt. Sie musste es wissen, musste Gewissheit haben. Sie suchte im Telefonbuch nach Susannes Nummer. Sie fand sie nicht und wusste auch nicht, wie sein Vater mit Vornamen hieß, es gab so viele Leute namens Breitner. Bei der Auskunft erfuhr sie dann die Telefonnummer von Susanne.

Kurz entschlossen rief sie dort an, erklärte, sie sei eine Bekannte von Michael, sie habe ihn getroffen, als es ihm sehr schlecht ging, und sie mache sich Sorgen. Sie wolle nur wissen, ob er es geschafft habe, ob es ihm wieder gut ging.

Sie hörte Susanne ein paar Mal schlucken, dann sagte sie mit klarer, fester Stimme: »Ich denke schon, dass es ihm jetzt gut geht. Er ist gestorben, vor zwei Tagen, erfroren an einer Bushaltestelle.

Ingrid sagte »Danke!«, weil ihr nichts anderes einfiel und legte auf.